MR W

D0885347

CLUB
PASSION

Dans la même collection

MARGIE McDONNELL

LE SOUFFLE
DU DRAGON

PRESSES DE LA CITÉ
PARIS

Titre original :

BANISH THE DRAGON

Première édition publiée par Bantam Books, Inc., New York,
dans la collection Loveswept ®. Loveswept est une marque
déposée de Bantam Books, Inc.

Traduction française de Laurent Thelliez

© 1987, by Margie McDonnell

© Presses de la Cité, 1988 pour la traduction française
ISBN : 2-258-02541-9

1

« C'ÉTAIT le plus gros, le plus effrayant, le plus laid de tous les dragons que l'on ait jamais vus. Ses écailles souillées de boue possédaient la vilaine couleur verdâtre de la vase qui tapisse le fond des marécages; son haleine fétide empestait le soufre : ses yeux rouges et cruels brillaient d'un éclat affamé. Nul ne pouvait savoir quelle serait sa prochaine victime. Or, le sort voulut qu'un jour, hélas, il parvînt à s'emparer de la petite princesse... »

D'un index rageur, Angela Newman enfonça la touche arrêt de son magnétophone. Elle avait cru pouvoir profiter de l'absence momentanée de la secrétaire pour travailler un peu, mais il fallait bien avouer que le résultat était catastrophique. Ce commencement d'histoire était complètement raté, tout comme, d'ailleurs, l'affreux petit dragon qu'elle venait de griffonner sur son bloc tout en dictant. Avec colère, elle arracha la feuille et en fit une boule entre ses doigts, comme si le simple fait de chiffonner ce monstre de papier pouvait chasser à jamais le dragon, bien réel celui-là, qui lui avait inspiré ce macabre conte de fées.

— Félicitations, Angela! Et dire que tu es censée-être l'un des meilleurs auteurs de livres pour enfants : s'exclama-t-elle tout haut, en ponctuant sa phrase d'un grognement de dépit. Lis une histoire pareille à un gosse, et il est condamné à faire d'horribles cauchemars jusqu'à la fin de ses jours!

Condamné... Le mot lui avait échappé, alors qu'elle-même, pourtant, avait interdit à quiconque de l'employer en sa présence. Mais c'était si difficile de ne pas y penser! Elle n'avait pas oublié la réaction qu'elle avait eue lorsque Janet, sa sœur, l'avait appelée pour lui annoncer la terrible nouvelle : « Elizabeth est condamnée. » Angela avait raccroché pour rappeler aussitôt, persuadée qu'elle avait été victime d'un faux numéro, qu'il ne pouvait s'agir de Liz, sa nièce, sa petite princesse. Bon sang! De quel droit osait-on dire d'une enfant de neuf ans qu'elle était condamnée? L'année dernière, juste avant le départ pour la Corée de Janet et de son second mari, un capitaine nommé Tom Lewis, Liz lui avait paru en excellente santé.

Hélas, cela n'avait pas duré. Tous les médecins qu'ils avaient pu consulter, en Corée d'abord, puis aux États-Unis, avaient été formels sur ce point : Liz était atteinte d'un cancer en fin d'évolution, ce qui voulait dire que tout espoir de guérison était impossible. Or cela, Angela n'était pas près de l'accepter. « Impossible » était un mot qu'elle avait rayé depuis longtemps de son vocabulaire, depuis dix ans exactement. Elle n'avait alors que dix-huit ans quand l'incendie dans lequel avaient péri ses parents et le premier mari de Janet avait ravagé l'imprimerie familiale. Dieu sait si, à l'époque, elle en avait entendu de ces : « Impossible! » Envers et contre tous, elle avait réussi à faire redémarrer l'entreprise et à terminer ses études, tout en subvenant aux besoins de Janet, alors enceinte de Liz, tant et si bien qu'aujourd'hui elle se retrouvait à la tête d'une maison d'édition prospère, dont elle était également l'un des auteurs à succès. Rares étaient ceux qui se risquaient encore à prononcer le mot « impossible » devant elle.

Pour Angela, la guérison de Liz ne faisait aucun doute. C'est ainsi que six mois plus tôt, quand Janet avait mis au monde de superbes jumeaux, elle n'avait pas hésité une seconde à prendre les choses en main et à faire venir sa nièce aux États-Unis. Tout s'était déroulé sans le moindre problème... jusqu'à aujourd'hui. Cédant en effet aux recommandations des médecins, elle s'était finalement résolue, quelques jours auparavant, à envoyer Liz à la *Casa de los Niños*, une colonie de vacances pour enfants atteints du cancer. Mais voilà que ce matin, alors qu'elle était en pleine réunion, Liz avait téléphoné. La pauvre enfant sanglotait si fort qu'Angela ne saisit pas la moitié de ce qu'elle voulait lui dire. Sa réaction, néanmoins, fut immédiate. Plantant là ses collaborateurs médusés, elle sauta dans sa voiture et parcourut d'une traite les trois cents kilomètres qui séparaient Los Angeles de la colonie, collectionnant les excès de vitesse tout au long du trajet.

Angela releva brusquement la tête. La secrétaire venait enfin de réintégrer son bureau.

— Je suis navrée, miss Newman, déclara celle-ci en secouant la tête d'un air impuissant. M. Ortega ne peut pas vous recevoir pour le moment. Je vais devoir vous demander de patienter encore un peu. A moins que vous ne préfériez revenir plus tard.

— Quoi? Ne me dites pas qu'il est toujours au téléphone!

Bondissant sur ses pieds, elle fonça droit sur la malheureuse secrétaire.

— La prochaine fois, prévenez-moi, j'apporterai un lit de camp! Non, mais pour qui se prend-t-il? acheva-t-elle en tapant du poing sur le bureau pour marquer son exaspération.

Elle émit un bref cri de douleur et retira prestement sa main, un trombone piqué dans la peau du petit doigt.

— Miss Newman? Miss Newman, vous ne vous êtes pas fait mal?

Le ton affolé de la secrétaire semblait sincère. Cependant, il ne fit qu'accroître la fureur d'Angela.

— Ça va, merci! Et ça irait encore mieux si votre patron se décidait à m'accorder une minute! Une heure qu'il est pendu au téléphone, à croire qu'il parle au président des États-Unis en personne!

D'un geste vif, elle arracha le trombone et essuya la goutte de sang qui perlait à la blessure.

La secrétaire fit la grimace.

— Vous voulez que j'aille vous chercher un pansement?

— Ce serait gentil, merci, marmonna Angela.

« Surtout, prends ton temps! » ajouta-t-elle mentalement dès que la jeune femme eut quitté la pièce. De pathétiques images défilaient devant ses yeux, renforçant encore sa détermination : Liz abandonnée, en larmes; Liz gisant sur son lit,

10

terrorisée... Et pendant ce temps-là, une espèce de vieux médecin à moitié chauve et sûrement myope comme une taupe continuait tranquillement à papoter au téléphone comme si de rien n'était.

Angela se leva et, d'un pas résolu, se dirigea vers cette porte qui semblait décidée à la narguer. Cela faisait des mois qu'elle devait se bagarrer chaque jour avec des fonctionnaires obtus et des médecins stupides, ce n'était quand même pas pour se laisser impressionner par un vulgaire psychologue! Ses immenses yeux verts s'embrasèrent soudain d'une rage incontrôlable. Ah, c'était ça! Eh bien, on allait voir ce qu'on allait voir! La narine frémissante, elle poussa la porte et s'engouffra dans le bureau.

L'écouteur fermement collé contre son oreille, le conseiller en psychologie David Ortega massait de sa main libre sa nuque douloureuse. Il s'agissait en réalité d'un ignoble subterfuge pour qu'on lui fiche la paix, car à l'autre bout du fil, son correspondant avait déjà raccroché depuis une bonne minute. Sa conscience professionnelle lui soufflait d'ailleurs d'en faire autant, mais il était incapable de s'y résoudre. Cela faisait pourtant partie de son travail de recevoir les visiteurs, mais aujourd'hui, il en avait assez du travail, de la conscience professionnelle et du reste!

La journée avait plutôt mal commencé. Tout au long de la matinée, les petits ennuis n'avaient cessé de s'accumuler : rapports en retard, départ en vacances du chef du personnel, etc. Et puis, tout à l'heure, il y avait eu cet appel des parents du petit Scott.

Malgré la brièveté du séjour de l'enfant à la *Casa de los Niños*, entre David et le petit garçon s'était établie une véritable complicité. La veille, quand il avait fallu transporter d'urgence le gamin à l'hôpital le plus proche, le choc avait été brutal. Nul n'ignorait que Scott était condamné, David moins que quiconque, mais cela n'atténuait en rien l'atroce sentiment de vide que lui laissait cette mort injuste. Pour le moment, il n'avait pas le courage d'affronter qui que ce fût et surtout pas l'hystérique qui depuis trois quarts d'heure faisait le siège de son bureau. Il appuya sur le bouton de l'intercom afin de prévenir Jane de ses intentions.

— Ce n'est pas encore l'heure de fermer la boutique, Jane, murmura-t-il d'une voix lasse, presque pour lui-même. Aujourd'hui, crois-moi, ce n'est pourtant pas l'envie qui me manque de...

Il sursauta en entendant un bruit de pas. Jane avait dû lire dans ses pensées! Il ne lui fallut qu'une fraction de seconde pour comprendre que la tornade qui venait de faire irruption dans son bureau n'était pas Jane. Sa secrétaire était une personne à la fois calme et compétente, dont le principal souci était de le déranger le moins possible. Or la jeune femme qu'il avait devant les yeux était manifestement loin de partager de semblables scrupules. Elle claqua la porte derrière elle, ce qui entraîna instantanément la chute des deux diplômes accrochés au mur ainsi que d'une plante verte et fondit sur lui, telle une tigresse, renversant au passage la belle ordonnance des dossiers qu'il avait mis une semaine à classer.

— J'ignore qui vous êtes et quel est l'abruti qui

vous a donné votre diplôme, et je ne veux pas le savoir! Mais je vous préviens, si vous touchez encore à un cheveu de ma nièce, je vais vous les faire manger, vos diplômes, c'est moi qui vous le dis!

Elle était magnifique, quoique ne répondant pas tout à fait aux canons de douceur et d'angélisme de la beauté classique. L'ovale parfait de son visage était déformé par la colère et ses grands yeux verts lançaient des regards meurtriers. Malgré la rougeur qui avait envahi ses joues, on pouvait percevoir, sous le hâle léger qui colorait sa peau, des myriades de petites taches de rousseur. Cascadant en boucles désordonnées jusqu'à ses épaules, ses cheveux offraient une variété surprenante de reflets tantôt blonds, tantôt roux. La coupe stricte de son tailleur beige, qui trahissait la femme d'affaires, était incapable de dissimuler les ravissantes rondeurs d'un corps à la fois mince et athlétique. Les mains posées sur les hanches, elle était penchée au-dessus du bureau et la soie délicate de son chemisier rose avait du mal à contenir la poussée de ses seins.

— Alors? déclara-t-elle d'une voix exaspérée. Vous allez vous décider à raccrocher ce truc, oui ou non?

David la considéra d'un air stupide. Enfin, il comprit et s'empressa de reposer le combiné.

— Veuillez pardonner ma grossièreté, riposta-t-il d'une voix sèche, saisissant sans remords l'excuse qui lui était offerte. D'habitude, ma secrétaire attend que j'aie raccroché avant d'autoriser les visiteurs à entrer. D'ailleurs, je vais de ce pas lui en toucher deux mots.

Il se leva pour faire le tour de son bureau.

— Ne vous donnez pas cette peine, elle vient juste de sortir! Encore heureux, d'ailleurs, je commençais à prendre racine!

Elle vint aussitôt se planter devant lui et... Seigneur, qu'il était grand! Après un bref moment d'hésitation, elle parvint à se ressaisir et le repoussa d'un doigt menaçant.

— Bon, maintenant, fini de rire. Mon nom est Angela Newman, et j'exige immédiatement des explications sur les mauvais traitements. Et je pèse mes mots — que vous avez fait subir à ma nièce, Liz Lewis.

Liz Lewis... David fouilla dans sa mémoire pour tenter de retrouver le visage correspondant au nom qu'elle venait de prononcer. Liz Lewis, voyons, voyons... Mais oui, bien sûr! La petite leucémique arrivée deux jours plus tôt et qui s'était liée d'amitié avec Scott, celle qui avait piqué une terrible crise de nerfs lorsqu'il avait fallu lui avouer que son copain ne reviendrait pas. Bon sang, il aurait dû s'en douter!

— Je comprends tout à fait les raisons de votre présence ici, miss Newman. A vrai dire, je m'y attendais un peu, mentit David en posant une main qui se voulait rassurante sur le bras de la jeune femme.

Angela eut un mouvement de recul involontaire. Au bref contact de ces doigts sur son avant-bras, elle avait éprouvé une curieuse sensation, aussi intense qu'une décharge électrique, et dont l'effet immédiat fut de dissiper comme par enchantement la colère qui l'aveuglait. Levant enfin les yeux, elle le contempla sans rien dire.

Un tantinet déconcerté, David se frotta les mains, puis, après avoir grommelé quelques paroles incompréhensibles, il se pencha au-dessus de son bureau pour s'emparer du téléphone, et dut s'y reprendre à deux fois avant d'obtenir le poste qu'il désirait.

— Allô, bâtiment B? Salut Sarah, David Ortega à l'appareil. Dis-moi, est-ce que Elizabeth... pardon, Liz Lewis est dans les parages? Tu peux lui dire de venir me voir tout de suite? J'ai un petit problème. Merci.

Il reposa le récepteur et, sans cesser de se frotter les mains, il se tourna pour faire face à son « petit problème. » Malgré son mètre soixante, il la sentait tout à fait capable de lui attirer de gros ennuis.

— Vous ne ressemblez pas du tout à un vieux médecin, lâcha-t-elle soudain.

— Merci du compliment, rétorqua David d'un ton ironique. J'ai trente-cinq ans. Revenez me voir dans quelques années, on verra ce qu'on peut faire.

Désireux sans doute de couper court à cet interrogatoire, il se laissa tomber à genoux et se mit à ramasser les dossiers éparpillés sur la moquette.

Le principal défaut d'une imagination aussi débordante que celle d'Angela, c'était son manque de fiabilité, tout au moins en ce qui concernait les détails... Ainsi, le portrait — pourtant criant de vérité — qu'elle s'était tracé tout à l'heure nécessitait à présent de sérieuses retouches. Pour commencer, David Ortega n'avait pas du tout l'air d'un médecin. Grand, jeune et bronzé, il portait un jean délavé, un sweat-shirt en piteux état et des tennis orange absolument ridicules. A en juger par sa façon de s'habiller, il aurait pu sans difficulté faire partie d'un de ces groupes punks dont raffolait Angela. Par ailleurs, il était loin d'être chauve. A la vérité, ses cheveux noirs, à la fois souples et drus, avaient plutôt besoin d'un bon coup de ciseaux! Quant à sa myopie supposée, Angela dut bien vite se raviser. Ses yeux d'un bleu très clair étaient posés sur elle et semblaient apprécier grandement le spectacle qui leur était proposé.

— Je suis embêté, reprit-il soudain. Je n'arrive pas à mettre la main sur le dossier de Liz. Mais puisque vous êtes là, je compte sur vous pour me fournir tous les renseignements nécessaires.

Sa voix était grave et un peu rauque, comme celle d'Angela après un gros rhume, mais elle devait reconnaître que, chez lui, l'effet en était nettement plus séduisant. Ce fut cette voix qui, curieusement, acheva de la désorienter. « Attention! songea-t-elle en se raidissant. Ne te laisse pas embobiner, pense à ce qu'il a fait à Liz. »

— Vous pouvez compter sur moi... pour ramener Liz à Los Angeles! Il est hors de question qu'elle reste une minute de plus entre vos mains. Vous saviez qu'elle m'avait appelée, ce matin? J'ai eu du mal à comprendre ce qu'elle disait, tellement elle pleurait. C'est à cause de vous qu'elle est dans cet état! Depuis que Liz est avec moi, permettez-moi de vous dire que les hommes de votre espèce, je commence à les connaître!

Tiens, tiens... Ainsi, c'était elle qui avait la charge de l'enfant. David se mit à chercher de plus belle dans le fatras de paperasses qui jonchaient le sol. L'explication devait forcément se trouver dans ce fichu dossier.

— Parce que c'est vous qui vous en occupez? lança-t-il, histoire de gagner du temps.

— Depuis le début, répondit-elle d'une voix où perçait l'émotion. Ma sœur vit en Corée, et elle ne... Enfin, bref, elle me l'a confiée. Est-ce que vous vous rendez compte un peu de ce que cela signifie? Eh, vous m'écoutez?

— Je vous écoute, assura David sans relever la tête. Mais ça ne m'empêche pas de chercher. Liz et moi avons eu tout récemment une petite conversation, et j'en ai profité pour prendre quelques notes... Bon sang, où sont-elles? Euh, si j'arrive à les retrouver, vous allez comprendre tout de suite ce qui s'est passé.

— Comprendre, comprendre! Vous n'avez que ce mot-là à la bouche! Et ne venez pas me dire que je ne me suis pas efforcée d'essayer de vous comprendre, vous, les médecins!

Les mots soudain jaillirent de ses lèvres sans qu'elle pût les arrêter :

— On a tout essayé, tout. Je connais par cœur le numéro de téléphone de chaque cancérologue de cet État, et si vous voyiez le stock de médicaments que j'ai dans ma pharmacie, vous seriez tenté de me dénoncer pour trafic de stupéfiants!

D'une main nerveuse, elle repoussa une mèche qui lui tombait dans les yeux.

— On a vu des acupuncteurs, des magnétiseurs et d'autres encore que je préfère oublier. Et moi, pendant ce temps-là, je n'avais qu'à me taire et à rester dans mon coin à les regarder essayer... leurs trucs sur ma petite Liz!

Perdue dans ses souvenirs, c'était à peine si elle remarqua qu'il s'était enfin relevé et se tenait tout près d'elle, silencieux.

— J'aurais suivi n'importe quel conseil, même le plus ridicule. On a dit que les personnes atteintes d'un cancer devaient s'abstenir de manger de la viande. Du coup, Liz et moi sommes devenues pour un temps végétariennes forcenées.

Oubliant le psychologue qu'il était, David ne vit plus devant lui qu'un être désemparé et, sans même réfléchir, il la prit dans ses bras pour tenter de la réconforter.

— Ensuite, j'ai lu que dans certains cas, le rire était une excellente thérapie...

Elle eut un sourire sans joie avant d'ajouter :

— Je crois que j'ai eu ma dose de Laurel et Hardy pour le restant de mes jours!

Il la serra plus fort contre lui. Ce qu'elle avait vécu, David le ressentait au plus profond de sa chair, mais elle ne pouvait pas le savoir.

— Si vous aviez vu combien Liz s'est montrée courageuse! reprit-elle. Alors, pourquoi faut-il que ce soit moi qui craque, maintenant, pourquoi?

Elle releva la tête, quêtant dans ses yeux une réponse impossible, et fut alors frappée d'y lire une souffrance égale à la sienne.

— Pourquoi? répéta-t-elle d'une voix presque inaudible.

David remua les lèvres comme pour parler. Il aurait voulu prononcer les formules toutes faites, les phrases banales qu'on utilise en ces moments-là, mais les mots restèrent coincés dans sa gorge.

— Ne me demandez pas pourquoi, murmura-t-il enfin. J'aimerais avoir la réponse, mais je ne l'ai pas.

Avec une surprenante douceur, il essuya de sa

18

paume les joues barbouillées de larmes et de maquillage, effleurant au passage des lèvres gonflées de chagrin. Tandis que sa main s'attardait malgré lui sur ce visage pitoyable, il sentit le corps de la jeune femme se presser contre le sien, puis les mains d'Angela venir à leur tour lui caresser la nuque.

Sourd aux avertissements que lui lançait son cerveau, David inclina la tête et embrassa cette bouche généreuse, toute salée de larmes.

Angela répondit à son baiser avec une fougue qui l'étonna elle-même. D'un coup, sa fureur s'était muée en une bouffée de passion sauvage... et partagée! Prise d'une frénésie incontrôlable, elle s'agrippa à lui, se colla contre lui, comme si elle souhaitait aspirer en elle toute la vitalité de ce corps d'homme puissant et fort. Pour la première fois depuis bien longtemps, elle se sentait protégée et le dragon, le terrible dragon, qui, jour après jour, dévorait sa petite Liz, semblait enfin vaincu.

Après s'être pendant des mois interdit de faire part à quiconque des angoisses qui la tourmentaient, elle redécouvrait enfin le bonheur enivrant de s'abandonner sans restriction.

Soudain, David se figea. Il lui avait semblé entendre un signal ténu en provenance du monde extérieur. Le bruit reprit, avec plus d'insistance cette fois. David fronça les sourcils. On frappait à la porte.

— Une seconde! lança-t-il précipitamment.

Puis, après avoir contemplé une dernière fois le visage bouleversé d'Angela, il ajouta d'une voix plus douce :

— Ça va aller?

« Et il me demande si ça va ? » Angela n'en revenait pas. Elle aurait donné cher pour voir la tête qu'elle faisait en cet instant. Cinq minutes plus tôt, elle fondait sur lui toutes griffes dehors, prête à le mettre en pièces, pour, à l'instant, fondre littéralement dans ses bras comme une vulgaire collégienne ! » Angela, méfie-toi, se morigéna-t-elle intérieurement. Tu es en train de perdre les pédales. »

— Qu'y a-t-il, Jane ? cria David, qui faillit éclater de rire en entendant sa propre voix chevroter de façon grotesque.

— Excusez-moi, fit la voix de la secrétaire de l'autre côté de la porte. Il y a une Mlle Lewis qui demande à vous voir. Je la fais entrer, ou je lui dis d'attendre ?

— Liz ! s'écria Angela.

Elle lutta pour se dégager, mais David la retint prisonnière entre ses bras.

— Attendez ! souffla-t-il d'une voix impérieuse. Je n'ai pas le temps de vous expliquer, mais sachez quand même que votre nièce vient de passer par des moments difficiles. Vous ne voudriez tout de même pas qu'elle vous voie dans cet état ?

Il alla fouiller dans les tiroirs du bureau et finit par dénicher une boîte de mouchoirs en papier.

— Calmez-vous, je vais vous arranger ça, dit-il en s'efforçant de réparer tant que bien que mal les ravages causés par les pleurs. Voiiiilà... Jane ! reprit-il d'une voix plus assurée. Tu peux la faire entrer, maintenant.

A peine avait-il terminé sa phrase qu'une gamine aux boucles blondes et aux grands yeux verts se ruait dans la pièce.

— Tante Angela!

Elle sauta au cou de la jeune femme tout en débitant à toute allure un flot d'exclamations joyeuses.

— Waou! Génial! J'étais sûre que tu allais venir. C'est super! Je l'avais même dit à Mildred, ma meilleure copine — elle aussi, elle a une leucémie. Je parie que tu étais inquiète quand j'ai pleuré ce matin, au téléphone, hein? Je sais bien que je n'aurais pas dû, mais c'était plus fort que moi. Je vais tout t'expliquer, tu vas voir.

Avec un profond soupir de soulagement, Angela l'étreignit de toutes ses forces. Si l'on oubliait les petites joues creuses et les cernes qui lui mangeaient les yeux, Liz avait l'air en pleine forme. Pour Angela, c'était tout ce qui comptait. Cela voulait dire que, Dieu merci! on parvenait encore à tenir le dragon en respect.

Liz se glissa hors de ses bras et se précipita sur David, qui, après avoir regagné l'abri de son fauteuil, ne paraissait néanmoins pas tout à fait remis de ses émotions.

— Bonjour, Liz, dit-il avec effort. Hum, tu ne crois pas qu'il serait temps d'expliquer à ta tante le sujet de notre petite discussion?

— Ouais, vous avez raison, dit la fillette en baissant les yeux. Je vous promets de le faire. Mais d'abord, je voudrais m'excuser si je vous ai causé des embêtements. D'ailleurs, j'en ai parlé à Sylvia... En réalité, ce n'était pas contre vous que j'en avais. Je sais bien que vous n'y êtes pour rien si Scott est mort. Je n'aurais peut-être pas dû vous demander si un jour, ça pouvait m'arriver à moi aussi.

Elle haussa les épaules.

— Finalement, je préfère encore que vous m'ayez dit la vérité. N'empêche, ce n'est pas rigolo. Vous comprenez ce que je veux dire?

Inconsciemment, David ébaucha le geste de se toucher la jambe droite avant de hocher la tête avec vigueur.

— Ne t'inquiète plus, c'est oublié. Je sais que tu ne pensais pas vraiment ce que tu m'as dit.

— Ben, peut-être pas tout, mais quand même!

Elle se tourna alors vers Angela, l'œil brillant d'un éclat malicieux.

— Par exemple, quand j'ai dit que je voulais que tante Angela vienne s'installer ici, à la colonie... Ben, qu'est-ce qui vous prend, à tous les deux? Pourquoi vous faites cette tête-là?

Elle les dévisagea tour à tour, le regard plein d'innocence.

— Après tout, c'est vous qui m'avez dit que c'était le moment ou jamais de faire ce que j'avais envie de faire, reprit-elle en pointant un doigt accusateur sur le psychologue. Vous m'aviez même promis de m'aider. Et toi, tante Angela, tu m'as répété je ne sais combien de fois que rien n'est impossible, et que tu serais prête à tout pour me faire plaisir. Pas vrai? Moi, je ne demande pas grand-chose, juste que tu restes ici avec moi.

La sonnerie du téléphone vint troubler le silence tendu qui avait accueilli cette déclaration.

— Ce doit être Sylvia, déclara la fillette sans s'émouvoir.

— Sylvia? s'exclamèrent à l'unisson David et Angela.

— Oui, commença Liz d'une voix hésitante,

22

tandis que David fixait avec angoisse son téléphone. Tout à l'heure, je suis allée parler de mon idée à votre collègue et elle m'a promis d'en faire part au directeur. Elle a dit aussi qu'elle vous appellerait pour discuter des détails.

— On peut dire que votre nièce a de la suite dans les idées, grommela David tout en glissant à l'adresse d'Angela un regard rien moins qu'amène.

Il s'empara du téléphone avec autant d'ardeur que s'il s'agissait d'un serpent. Liz, bien sûr, semblait aux anges.

— Ça me fait plaisir de voir que vous êtes d'accord! Pour être franche, je ne m'inquiétais pas trop. J'étais sûre que vous n'auriez pas le courage de me refuser ça.

2

DAVID et Angela s'employèrent sur-le-champ à lui démontrer le contraire.

— Voyons, Liz, tu oublies que je travaille! protesta la jeune femme.

— Bah! Tes livres, tu peux les faire ici, riposta Liz sans se démonter. Je parie que tu as emporté ton carnet à dessins avec toi.

— Ce n'était pas à cela que je pensais. En tant que P-DG, même d'une petite entreprise comme la mienne, je ne peux pas me permettre de prendre deux semaines de vacances sans prévenir!

— Justement, c'est toi le P-DG. Personne ne va te mettre à la porte!

A n'en pas douter, Liz avait l'étoffe d'un futur avocat!

— Et puis, qu'est-ce qui est le plus important pour toi? demanda-t-elle enfin. Moi, ou le travail?

Angela n'avait plus qu'à s'incliner.

Lorsqu'arriva l'heure du repas, David ne se pressa guère pour se rendre à la cantine où devaient déjà l'attendre Sylvia et Angela. Devant l'insistance de Liz, il avait fini par céder et accepter qu'Angela passât la nuit au camp. Mais pas question de lui accorder davantage. Sa bonté avait des limites.

Il fit un rapide crochet par le dortoir des garçons afin de vérifier que personne n'avait oublié l'heure du dîner. En réalité, il avait surtout besoin d'un peu de temps pour réfléchir avant d'aller affronter Sylvia. Sa collègue, psychologue comme lui, avait la détestable habitude d'analyser chacune de ses paroles — un exercice auquel, étant donné son humeur présente, David n'était pas très désireux de se soumettre. Lui-même, d'ailleurs, ne se sentait pas le courage de se livrer à un examen de conscience. En temps normal, l'attitude d'Angela n'aurait pas dû lui poser de problèmes. Seulement voilà, l'absence totale de maîtrise de soi dont il avait fait preuve tout à l'heure ne laissait pas de l'inquiéter. Ces dernières années, ses rapports avec les femmes s'étaient résumés — pour dire les choses élégamment — à des intermèdes plaisants, mais brefs. Pour la plupart, il les avait rencontrées à des conférences ou des débats. Elles étaient de ces femmes qui maîtrisent parfaitement leurs émotions, leur vie privée, leur carrière. David n'y trouvait rien d'autre à redire et, par conséquent, n'avait pas la moindre envie de voir une Angela Newman venir tout bouleverser. Dès lors, la solution était simple : il fallait qu'elle parte, quand bien même cela signifiait se mettre Sylvia à dos. De toute façon, le règlement était formel sur ce point et il ne voyait aucune raison de l'enfreindre. Fort de ces arguments, David se décida enfin à rejoindre la cantine.

Assise à une table d'angle, Angela gardait les yeux fixés sur l'entrée, répondant par monosyllabes aux questions indiscrètes de Sylvia. Mais où était-il passé? Elle avait beau se répéter que l'absence du psychologue aurait dû la laisser indifférente, ce raisonnement ne dissipait en rien l'étrange impatience qui s'était emparée d'elle.

— Arrête, c'est ridicule! marmonna-t-elle d'une voix étouffée en détournant avec effort son regard de la porte. Avoue que tu ne serais pas dans cet état si ce M. David Ortega avait ressemblé pour de bon à un vieux professeur chauve et myope!

— Excusez-moi, je n'ai pas saisi ce que vous disiez? rugit Sylvia pour couvrir le vacarme qui régnait dans la salle.

«Tant mieux!» Angela installa Liz sur ses genoux et se rapprocha de la psychologue. Sylvia Pakleza était une noire un peu grassouillette, à l'expression bienveillante, dont les yeux pétillaient d'une intelligence aiguë. Sentant qu'on était en train de la jauger, Angela se dit que ce n'était pas le moment de passer pour une écervelée.

— Je, euh, je disais que j'étais étonnée de voir que, somme toute, cet endroit ressemble à n'importe quelle autre colonie de vacances.

Afin d'appuyer ses dires, son regard glissa jusqu'à l'autre extrémité de la salle où, parmi les cris et les éclats de rire, s'était engagée une bataille de nourriture sans merci.

— Vraiment? répondit Sylvia en se frottant le menton d'un air dubitatif.

— Bon, c'est vrai, il y a des différences, reprit précipitamment Angela.

De fait, il fallait admettre que parmi les combattants les plus acharnés, certains étaient entiè-

26

rement chauves, tandis que d'autres se déplaçaient en chaise roulante, en faisant preuve d'une adresse diabolique.

— N'empêche, poursuivit-elle avec toute la conviction dont elle était capable. Je suis sûre que, comme partout, vous avez droit à des expéditions nocturnes dans le dortoir des filles, à des seaux d'eau en équilibre sur la porte, ou des trucs bizarres qui flottent dans la soupe!

En entendant les ricanements ravis de Liz et de ses voisines de table, Angela sut qu'elle avait vu juste.

— Je suis heureuse de constater que vous êtes sensible aux aspects positifs de cet endroit, dit Sylvia d'un air approbateur. Beaucoup en sont incapables.

— Dois-je en conclure que vous êtes d'accord pour que je reste?

— Quand vous aurez mon âge, vous saurez qu'il est frustrant, pour ne pas dire vain, de vouloir combattre l'inévitable, répondit Sylvia.

D'un mouvement de tête, elle désigna alors la porte d'entrée et ajouta :

— J'ai bien peur que mon collègue ne soit pas encore assez vieux pour admettre l'inutilité de ce combat.

Angela était prête à jurer que Sylvia ne s'était pas retournée vers l'entrée avant de parler. Et pourtant, c'était bien lui, monsieur Frustration en personne, le regard indéchiffrable, les lèvres serrées en une ligne mince et dure. D'un pas vif, il fut assailli par les joyeux lanceurs de purée et ne tarda pas à disparaître dans la mêlée. Quelques minutes plus tard, alors qu'il parvenait enfin à se dégager, le sweat-shirt déjà

mal en point avait acquis quelques taches sup-
plémentaires.

— Vraiment, David, soupira Sylvia tandis qu'il
prenait place. Je ne te félicite pas pour ta garde-
robe. Ce sweat-shirt est tout bonnement immon-
de.

— Ce n'est pas de sa faute, riposta-t-il en
souriant malgré lui. On n'arrête pas de lui balan-
cer des ordures.

— Des ordures? Je me demande ce que dirait le
cuisinier s'il t'entendait!

— Pour ta gouverne, sache qu'en ce moment
même, le cuisinier est à Ramona en train de
déjeuner dans un bon restaurant.

— Ramona? intervint Angela d'une voix un peu
trop aiguë. Ce ne serait pas par hasard la petite
ville que j'ai traversée ce matin pour arriver
ici?

— Dans le mille, dit David.

Leurs regards se croisèrent, puis chacun
détourna les yeux.

— C'est un endroit très sympathique, reprit
Sylvia, qui n'avait cessé de les observer avec une
curiosité toute professionnelle. Puisque Angela va
passer une quinzaine de jours ici, tu pourrais le lui
faire visiter, non?

— Tu parles! Elle qui vit à Los Angeles,
qu'irait-elle faire dans ce patelin? Quoi? Une
quinzaine de jours!

— Une quinzaine de jours, répéta Angela de son
ton le plus ferme.

— David adressa un regard désespéré à Sylvia,
« Débrouille-toi sans moi », semblèrent lui dire les
yeux malicieux de la psychologue. Avec un soupir
exagéré, il prit alors la parole :

— Je ne suis pas sûr que ce soit une très bonne idée. Selon le règlement, les membres de la famille du patient ne sont pas autorisés à séjourner au camp, tout simplement pour une question de place.

— Je n'ai pas l'intention de voler la place de quiconque! rétorqua Angela. Je vais acheter un sac de couchage et j'irai dormir sur le plancher, à côté de Liz. J'ai posé la question à ses camarades de chambre qui m'ont répondu qu'elles n'y voyaient pas d'inconvénients.

— Parfait. Mais vous oubliez une chose : nous ne sommes pas assurés pour les adultes de passage. Pas vrai, Sylvia?

— Je ne vois pas où est le problème. Je peux vous signer une décharge, si vous voulez.

— Elle a raison, renchérit Sylvia. J'en ai parlé au directeur, cet après-midi. Il est d'accord.

Si Sylvia se mettait elle aussi de la partie, maintenant... Mais David refusait de s'avouer vaincu.

— Nos activités sont conçues pour des enfants. Vous allez vous ennuyer à mourir si vous restez.

— Détrompez-vous. Des activités pour enfants? Parfait! N'oubliez pas que c'est pour eux que j'écris des livres, et j'adore mon métier.

— Nous ne sommes pas un de vos contes de fées, miss Newman, dit David en haussant le ton. Nous sommes confrontés ici à des situations extrêmement pénibles, qu'on le veuille ou non. Je ne pense pas que ce soit votre place.

— Ma place est avec Liz, jusqu'à ce que son état s'améliore.

— Pardon?

29

Il la considéra avec une stupeur non feinte, puis déclara d'une voix hésitante :

— Miss Newman, euh, je veux dire, Angela, j'ai parcouru le dossier médical de votre nièce et je crains honnêtement qu'il n'y ait plus beaucoup d'espoir. Certaines choses sont impossibles, vous savez.

— Pas pour moi, rétorqua-t-elle, le visage empreint d'une détermination farouche. Et pas pour Liz. Tant que je serai auprès d'elle, du moins. Impossible est un mot que je déteste et que je regrette absolument. Dans ma vie, j'ai eu à maintes reprises l'occasion d'accomplir des choses que l'on disait impossibles.

Les mains posées à plat sur la table, le buste penché en avant, elle le foudroyait du regard.

— Entendre ce mot dans votre bouche ne peut que me conforter dans ma décision. Je resterai avec Liz.

Le visage, à quelques centimètres l'un de l'autre, ils s'affrontèrent en silence durant une poignée de secondes. Ce fut David qui, le premier, rompit le contact. Une fois encore, il se tourna vers Sylvia pour demander de l'aide. Annoncer à un enfant qu'il allait mourir était une solution que nul n'aurait songé à conseiller, mais que faire lorsqu'il vous posait la question ?

— Et toi, Sylvia, qu'en penses-tu ?

La psychologue émit un gloussement amusé, repoussa sa chaise et se leva.

— Je suis surprise que tu me demandes mon opinion, alors que pour des raisons que j'ignore, la tienne semble manifestement bien arrêtée. Voilà ce que je pense.

— Sylvia...

30

— Quand quelqu'un est suffisamment déterminé pour offrir à notre cher directeur six caisses de livres pour enfants, une aide financière appréciable, ainsi que deux semaines de travail gratis, eh bien, j'estime que ce quelqu'un est tout à fait capable de parvenir à ses fins et se fiche pas mal de ce que les autres peuvent penser.

David fixait Angela en roulant des yeux effarés. Elle n'avait quand même pas osé faire ça! Le sourire vainqueur dont elle le gratifia confirma hélas ses craintes. Cette petite peste avait soudoyé le directeur!

— J'ajouterai pour finir qu'étant donné que Liz appartient à ton groupe, tu ferais mieux pour une fois de te montrer beau joueur et de prendre, comme l'on dit, cette jeune personne sous ton aile durant son séjour.

Sous son aile? Pourquoi pas sur ses genoux, pendant qu'on y était?

— Oui, oui, on verra, marmonna-t-il d'un ton peu convaincu. Euh, Sylvia, tu n'as pas envie...

— ... d'aller faire un tour? acheva l'intéressée. N'aie crainte, je vous laisse. Bonne soirée, Angela.

Elle tendit la main à la jeune femme et lui adressa un clin d'œil complice.

— J'ai comme l'impression que ces deux semaines vont être passionnantes...

— David attendit qu'elle fût hors de portée de voix avant de pousser un ouf de soulagement. C'était crier victoire un peu trop tôt. Deux adolescents qui avaient enfin découvert la présence d'Angela s'avançaient vers leur table, arborant des mines hilares. Décidément, ce n'était pas son jour.

— Bonsoir, m'sieu, fit le plus maigre en s'appuyant familièrement sur l'épaule du psychologue. Ça va comme vous voulez?

— La réponse est non, Eric. Désolé, mais ce n'est vraiment pas le moment de venir m'ennuyer.

— Eh là, une minute! protesta le deuxième en posant ses béquilles contre la table. De quoi vous plaignez-vous? C'est nous, les malades, pas vous!

Le gloussement ironique d'Angela acheva de mettre David hors de lui.

— Et si je vous disais que c'est parce que j'en ai assez de récolter de nouvelles taches chaque fois que je mets les pieds dans cette ménagerie? Mon plus beau sweat-shirt, regardez ce qu'il est devenu!

— Tss, tss, fit Eric en pinçant le tissu avec une moue de connaisseur. Maintenant, au moins, il a du caractère. Pas vrai, Nick? Mais vous ne voulez pas nous présenter votre nouvelle conquête? Y a pas à dire, vous savez, vous savez y faire avec les f... aïe!

David l'avait pris par le col de sa chemise et souriait d'un air féroce.

— Nick? grinça-t-il en fourrant d'autorité les béquilles dans les mains du garçon. Emmène donc notre ami téléphoner à ses parents, qu'il dise à sa maman de lui acheter des chemises plus larges. La sienne le serre tellement qu'il va finir par s'étrangler.

— Tout de suite, m'sieu! répondit Nick en souriant jusqu'aux oreilles. Allez, viens, toi, ajouta-t-il à l'intention de son camarade. Tu ne vois pas qu'il est occupé?

32

Estimant qu'il s'était suffisamment couvert de ridicule pour la soirée, David jugea qu'il était grand-temps de proposer une trêve.

— Ça vous dirait d'aller finir le repas dans un petit coin tranquille, pour changer? Je ne dois pas avoir grand-chose dans le réfrigérateur, mais ça vous évitera de recevoir une assiette de purée sur la tête. Et puis, Sylvia a raison. Je vous dois quelques éclaircissements.

Angela hésita un instant. Sans qu'elle fût capable de se l'expliquer, elle avait cependant la conviction qu'elle courait infiniment moins de risques quand elle était en colère que lorsqu'il se montrait gentil.

— N'écoutez-pas ce que disent les deux garnements que vous venez de voir, je ne mérite pas la réputation qu'ils m'ont forgée, loin s'en faut.

— Ah oui, vraiment? rétorqua Angela en rougissant malgré elle.

— A voir votre réaction, je ne m'étonne plus que vous écriviez des livres. Toutefois, au risque de vous décevoir, j'ai peur de ne pas être à la hauteur de votre imagination.

Ces damnés psychologues n'avaient-ils donc rien d'autre à faire que de fouiner dans les pensées des gens? Malgré tout, Angela devait avouer que la perspective de se retrouver en tête à tête avec David dans un endroit plus calme n'était pas pour lui déplaire.

— Bon, c'est d'accord. Je vais demander à Liz si elle veut se joindre à nous.

— Écoutez...

Alors qu'il saisissait le poignet de la jeune femme pour la retenir, David éprouva cette même brutale bouffée de désir qui l'avait assaillie tout à l'heure dans son bureau. Il la lâcha aussitôt. Pétrifiée sur sa chaise, Angela ne semblait guère en état d'aller bien loin.

— Écoutez, reprit-il. Si nous voulons aborder certains sujets, il serait plus sage de le faire hors de la présence d'un enfant. De toute façon, Liz est partie à la salle de jeux avec ses amies. Si vous tenez absolument à la prévenir où vous êtes, je peux vous y emmener.

« Prévenir Liz où je suis ? Je suis dans de beaux draps, voilà ! » pensa Angela tout en hochant la tête pour marquer son assentiment.

— Dites-moi, demanda-t-elle lorsqu'ils furent sortis. Quelle est la superficie de ce camp ? Il me paraît immense.

— Ce n'est qu'une impression, rectifia-t-il aussitôt, trop heureux de voir la conversation prendre un tour anodin. En réalité, il n'est pas si grand que ça, mais nous nous efforçons d'offrir aux enfants le plus large éventail d'activités possible. Nous avons des poneys, un lac où l'on peut nager, pêcher, et même faire de la voile, ainsi qu'une salle de jeux, avec billards, télévisions, jeux vidéo, bibliothèque, plus un ou deux ordinateurs. Tout cela, ou presque, n'existe que grâce aux dons de quelques parents dont les enfants ont séjourné ici.

— Vous savez, l'interrompit Angela, profitant de l'occasion. J'avais l'intention de donner les livres et l'argent avant même que Liz insiste pour que je reste.

— Je vous crois, dit David gravement. Mais je crois également que vous n'avez pas bien réfléchi aux conséquences.

— Comment pouvez-vous affirmer cela ?

Ce David Ortega était décidément du genre tenace!

— Je sais pertinemment ce que je dois faire, ajouta-t-elle.

— En êtes-vous sûre?

— Eh! Où m'emmenez-vous? s'exclama-t-elle en le voyant soudain faire demi-tour et ignorer délibérément le panneau signalant la direction de la salle de jeux.

— Dans un endroit auquel nul ici ne peut échapper, dit-il, progressant rapidement dans la pénombre. Dans votre cas, il me paraît nécessaire de s'y rendre le plus tôt possible. Cela vous fera peut-être revenir sur une décision que je persiste à considérer comme précipitée.

Angela sentit le souffle chaud du dragon lui effleurer le visage et elle frissonna.

— David... David, je n'ai pas très envie d'y aller maintenant, dit-elle, la démarche hésitante, tandis qu'ils arrivaient devant un groupe de bâtiments à l'allure tristement familière.

— Si vous voulez vraiment rester, vous n'avez pas le choix, répliqua-t-il d'une voix tendue.

— Qu'est-ce que c'est? souffla-t-elle, de plus en plus mal à l'aise.

Une fois à l'intérieur, la réponse devint inutile. C'était la clinique, avec ses médecins, ses infirmières, ses murs blancs, et cette odeur caractéristique d'éther qu'Angela ne pourrait plus jamais oublier.

Un homme en blouse blanche avait levé la tête à leur approche et se dirigeait vers eux pour les accueillir.

— Salut, David, dit-il en gratifiant le psychologue d'une bourrade amicale. J'ai su, pour Scott.

C'est triste, hein? Le petit gars m'était sympathique. Mais dis-moi, qu'est-ce qui t'amène ici? Tu n'es pas malade, au moins?

— Non, non, ne t'inquiète pas, répondit David en secouant la tête. Je passais juste dire bonsoir à quelques-uns de tes patients. Je te présente une amie, Angela. Angela, voici Sam.

Angela était à deux doigts de filer sans demander son reste, et pourtant, elle fit quelques pas en avant et serra la main qu'on lui tendait.

— Enchantée.

— Moi de même, rétorqua Sam. Bon, excusez-moi, mais j'ai du travail. À bientôt, peut-être.

— Venez, dit David en entraînant Angela par le coude dès que Sam leur eut tourné le dos. Il y a deux enfants qui attendent ma visite.

— Vous n'avez qu'à revenir demain, suggéra Angela dans une ultime tentative pour se tirer de ce guêpier.

— Demain? Demain, l'un deux ne sera peut-être plus là. Quant à l'autre, il paraît qu'il a quelque chose d'urgent à me dire.

David s'arrêta brusquement et pénétra dans une chambre faiblement éclairée.

— Bonsoir, Benjy, dit-il en se penchant au-dessus du lit et en ébouriffant la tignasse blonde de l'enfant. Alors, tu as toujours mal à la tête?

— Non, c'est passé, m'sieur, répondit Benjy sur un ton haut perché. Dites, vous croyez qu'ils me laisseront jouer, demain?

— Bien sûr. Mais tu n'as pas à t'inquiéter, on m'a dit que le match de foot allait être reporté. Profites-en pour reprendre des forces. Conseil d'entraîneur à son meilleur avant centre!

— Promis, m'sieur, murmura l'enfant tandis que ses paupières se refermaient.

— Tu veux quelque chose avant que je parte, Benjy? chuchota David.

— Ouais, fit Benjy en rouvrant un œil. Allumez-moi toutes les lumières et essayez de trafiquer l'interrupteur pour qu'on ne puisse plus les éteindre.

— Tu veux que je trafique l'interrupteur? Mais tu n'arriveras jamais à t'endormir!

— Ne vous en faites pas. Je n'ai jamais aimé dormir dans le noir, de toute façon. Comme ça, si je me réveille la nuit, je sais que je suis encore vivant.

Angela ne put s'empêcher de frissonner. Dans sa tête, elle entendait le dragon rugir, tout proche.

— Salut, Benjy, dit-elle en se glissant près du lit. Je m'appelle Angela et je viens t'apporter quelque chose.

David lui jeta un coup d'œil méfiant. Qu'avait-elle donc encore inventé?

— Je me demandais justement ce que vous faisiez là, avoua le garçon. C'est la première fois que je vous vois et vous n'avez pas l'air d'un docteur ou d'une infirmière.

— C'est exact, dit-elle en souriant, malgré l'émotion qui lui nouait la gorge. Mais je suis là pour t'aider, comme eux. Et figure-toi que je crois avoir trouvé la solution à ton problème. Tu veux que je te la donne?

— Allez-y, lança Benjy d'une voix hésitante. Du moment que ça ne fait pas mal...

— Je te garantis que ça ne te fera pas mal.

Et tandis qu'elle s'asseyait sur le rebord du lit,

un nouveau conte prenait déjà forme dans son esprit.

— Sais-tu qu'il y a de cela bien longtemps, chacun sur terre avait un ange gardien pour veiller sur lui et le rassurer quand il avait peur?

— Sans blague? répondit Benjy, le regard émerveillé.

— Promis, juré. Seulement, aujourd'hui, tout a changé, et rares sont les gens qui peuvent se vanter d'en posséder un. Je veux dire, un vrai.

— Qu'est-ce que j'aimerais en avoir un! soupira l'enfant.

— C'est justement pour ça que je suis là! enchaîna Angela d'un ton faussement enjoué. Je suis venue t'apporter le tien.

— C'est vrai? s'écria Benjy, soudain rayonnant. Où est-il?

— Quand tu dormiras, tout à l'heure, peut-être parviendras-tu à le voir dans tes rêves. Mais sache qu'un ange gardien reste invisible et n'apparaît que lorsque l'on a vraiment besoin de lui.

— Comme quand on est en train de mourir?

Angela se mordit la lèvre. Ce n'était pas juste!

— Et si je te disais que je connais un moyen de le rendre visible, maintenant? Mais pour cela, il me faut du papier et des crayons de couleur. Tu en as?

Tout excité, Benjy fit signe à David d'ouvrir le tiroir de sa table de nuit dans lequel se trouvaient un cahier neuf et quelques gros feutres.

— Ça ira? s'enquit anxieusement Benjy.

— C'est parfait.

Animée d'une sorte de rage, Angela se mit au travail sans perdre une seconde. Bientôt, elle avait terminé son dessin : un ange magnifique, la tête ceinte d'une auréole et de rayons de soleil venant lui caresser les ailes.

— Qu'est-ce qu'il est beau! souffla Benjy d'un ton empli de respect. Mon ange à moi, est-ce qu'il est pareil?

— Je n'en sais rien. Personne ne peut le voir, sauf toi. Mais sincèrement, je crois que c'est un portrait assez ressemblant.

Elle se pencha vers lui et lui donna un baiser sur le front.

— Maintenant, dors. Il faut que je parte. J'ai encore quelques anges à livrer.

Les yeux brillants de larmes, elle se redressa et quitta rapidement la pièce, luttant pour ne pas courir. En cet instant, Angela ne savait qui, de David ou du dragon, elle détestait le plus, l'un pour l'avoir amenée dans cet endroit, l'autre pour s'être attaqué à un être aussi jeune.

— Angela! entendit-elle crier dans le couloir tandis qu'elle s'enfuyait du bâtiment à toutes jambes. Angela, attendez-moi!

Soudain, elle sentit une main s'abattre sur son épaule et la faire pivoter. Elle leva la tête, mais les larmes ruisselant sur ses joues lui brouillaient la vue. « Tant mieux! Je ne veux plus jamais le revoir! » pensa-t-elle avant de lui hurler au visage :

— Ne dites rien! Surtout, ne dites rien! Oui, je lui ai raconté des mensonges! Et alors? Je vous préviens, si vous avez le malheur d'ouvrir la bouche, je vous... je vous casse la figure?

— Qui parle de mensonges? murmura David sans la lâcher. Au contraire, je voulais vous remercier. Ce sont peut-être des mensonges, mais l'histoire était belle et n'a fait de mal à personne.

— Vous croyez? Et moi, alors?

— Je sais, dit-il en la serrant plus fort contre lui. Je sais, Angela. Mais il fallait que vous compreniez que les enfants qui viennent ici ne sont pas tous comme Eric, Nick, ou même Liz. Il y a aussi les Benjy... Je suis désolé mais je n'avais pas le droit de vous laisser prendre une telle décision sans que vous les ayez d'abord rencontrés. Comprenez-vous?

Rompant un silence qui menaçait de devenir gênant pour l'un comme pour l'autre, il lança d'une voix presque timide :

— Alors, ce repas, on le termine?

Trop émue pour répondre, Angela inclina gravement la tête, et lui emboîta le pas.

A peine étaient-ils arrivés chez lui qu'il lui tendit un verre à demi rempli d'un liquide à la belle couleur ambrée.

— Tenez, buvez ça.

— Merci, mais je ne bois jamais d'alcool, répondit-elle en s'affalant sur un vieux divan défoncé.

— Ce n'est pas l'ami mais le médecin qui vous parle. Buvez, insista-t-il.

Angela porta le verre à ses lèvres et avala une gorgée de whisky avec une grimace de dégoût. Pendant que David disparaissait dans la cuisine, elle sentit peu à peu une douce chaleur envahir son corps, mais son esprit demeurait engourdi. La seule idée du repas qui allait suivre lui soulevait le cœur.

— Combien de temps lui reste-t-il à vivre? dit-elle à voix basse.

— Votre steak, vous l'aimez comment? cria David depuis la cuisine.

Avait-il fait semblant de ne pas entendre sa question? Angela décida de se rendre à la cuisine afin d'en avoir le cœur net.

— Je vous ai demandé combien de temps il lui restait à vivre?

— Je vais préparer la salade. Ça vous dirait, des frites avec le steak?

— David! Au nom du ciel, répondez-moi! Combien de temps lui reste-t-il à vivre?

Avec une lenteur calculée, il reposa son couteau sur le comptoir et s'essuya les mains à un torchon.

— Deux semaines, guère plus, murmura-t-il avant de reprendre sa besogne.

Angela vida son verre d'un trait et l'observa, fascinée, tandis qu'il finissait d'éplucher les pommes de terre, puis mettait les steaks à griller. Il travaillait méthodiquement, sans dire un mot. Angela commençait à croire qu'il avait oublié sa présence, lorsqu'il s'interrompit un court instant pour vider le reste de la bouteille de whisky dans le verre qu'elle tenait toujours à la main.

— Et vous, vous ne buvez pas? gronda-t-elle, menaçante.

— Non.

Ayant fini de garnir les assiettes, il alla les poser sur la table basse de séjour. Silencieuse, Angela ne le quittait pas d'une semelle.

— Quelle sorte d'homme êtes-vous donc? explosa-t-elle enfin. Je suis encore toute secouée, même après deux verres de votre « remède », et vous voudriez me faire croire que vous, vous êtes capable de vous en passer?

La réponse tomba, cinglante :

— J'ai connu trop d'excellents confrères qui,

une fois qu'ils se sont mis à prendre ce genre de médicament, n'ont jamais pu s'arrêter.

Angela se rendit compte que, cette fois, elle était allée trop loin.

— Excusez-moi, murmura-t-elle en se mordant la lèvre.

David s'installa sur le divan.

— Croyez bien que je comprends les raisons de votre colère, reprit-il subitement radouci. C'est d'ailleurs en partie pour cela que je pense que vous feriez mieux de partir.

De la main, il l'invita à s'asseoir près de lui.

— En partie, seulement?

— Oui, en partie. Pour le reste, je suis prêt à en discuter, n'ayez crainte. Mais d'abord, mangeons!

Angela prit les couverts qu'il lui tendait et contempla sa salade d'un air morne.

— Ça a l'air succulent, mais sincèrement, je n'ai pas très faim, finit-elle par avouer.

— Dans ce cas, je vais chercher les steaks. Il faut manger. Vous verrez, ça aide.

Quelques minutes plus tard, devant son assiette soigneusement nettoyée, force fut à la jeune femme de reconnaître qu'il avait eu raison.

— Je vais faire la vaisselle, déclara-t-elle en se levant pour débarrasser la table.

— La vaisselle attendra, dit-il d'un ton sans réplique en lui posant la main sur son bras. Il me semble que des tâches plus urgentes nous attendent...

L'imagination d'Angela s'enflamma brusquement à cette évocation et elle se rassit, rouge de confusion. David n'avait pas retiré sa main.

— Comprenez-moi, poursuivit-il. Je n'ai rien

42

contre votre présence ici, bien au contraire. Simplement, j'estime que ce n'est pas le bon choix.

— Ah non?

Sans qu'il en eût conscience, ses doigts se mirent à tracer de légers cercles sur la peau de la jeune femme, comme une caresse.

— Voilà, commença-t-il avec effort. Pour cet après-midi...

Comment lui expliquer cette fulgurante envie de la prendre dans ses bras qui s'était emparée de lui dès la minute où elle était entrée dans son bureau?

— Pour cet après-midi...

— Vous l'avez déjà dit!

— Oui. Euh...

Cette interruption semblait l'avoir désorienté. Enfin, il reprit la parole d'une voix lente, hachée, comme s'il cherchait lui-même à se convaincre:

— Je n'étais pas dans mon état normal. On venait juste de m'apprendre la mort du petit Scott. Quand vous avez surgi tout à coup, vous étiez tellement rayonnante, tellement pleine de vie, que je... j'ai perdu la tête.

Mus par un désir réciproque, leurs visages se rapprochèrent, leurs bouches se frôlèrent et David, avec une extrême douceur, piqua un baiser sur la lèvre supérieure d'Angela. Demi-baiser, demi-péché.

— Le code médical déconseille vivement d'entretenir des relations personnelles avec les patients, déclara-t-il d'un ton faussement sévère.

— Je ne suis pas ta patiente, murmura Angela avant de l'embrasser à pleine bouche.

Haletant, il la repoussa.

— Angela. Je crois qu'il vaudrait mieux que tu

ailles dormir avec Liz. Je vais te raccompagner.

— Je ne peux pas dormir là-haut. Je n'ai pas encore eu le temps d'acheter un sac de couchage. Mais ça ne fait rien, je dormirai ici. Tu as bien un lit?

«Oui, le mien!» songea-t-il, affolé. Mais puisqu'on en était au tutoiement...

— Je veux dire, un lit de camp, ou un matelas pneumatique?

— Je sens que je vais avoir du mal à me débarrasser de toi.

— Tout juste!

— Tu es trop idéaliste, Angela. J'ai peur que tu souffres en restant ici.

— Une vieille dure à cuire comme moi? Tu veux que je te dise une chose? Tu es trop pessimiste!

— Sans doute, se borna-t-il à répondre.

Il n'avait pas l'intention de lui avouer ses véritables raisons. Dans deux semaines au plus tard, elle aurait disparu à jamais de son existence. A quoi bon lui annoncer aujourd'hui que leur amour était impossible?

3

— BRAVO, Nick! Il est superbe... je veux dire, il est vraiment hideux! s'exclama Angela après avoir jeté un coup d'œil au dessin sur lequel peinait l'adolescent.

Un sourire satisfait éclairait son visage tandis qu'elle circulait parmi les tables, s'arrêtant de temps à autre pour glisser ici une suggestion, là un encouragement. Vingt-sept dragons étaient en train de prendre forme sous ses yeux — orange, bleus, noirs, énormes, minuscules : vingt-sept dragons, un pour chaque élève de la classe de dessin que Sylvia s'était finalement décidée à confier à Angela.

— Quand vous aurez terminé, je veux que chacun essaie de me dessiner un chevalier en armure. Un chevalier, inutile de le préciser, qui n'ait pas peur des dragons.

Elle attendit que reprenne le crissement régulier des crayons et des feutres qui couraient sur les feuilles pour s'emparer de son carnet d'esquisses. Son dragon était là, réplique fidèle de celui griffonné à la hâte dans la salle d'attente, le jour de son arrivée. Mais à côté du monstre apparaissait déjà la silhouette d'un chevalier à l'aspect redoutable, brandissant une épée. La visière de son heaume empanaché était fièrement relevée, il ne restait plus à Angela qu'à lui trouver un visage. Elle commença par les cheveux, traçant par petites touches précises des boucles brunes qui s'échappaient du casque; puis ce fut le tour des yeux, durs et pénétrants; la bouche et le menton, enfin, une bouche aux lèvres minces, et dont les coins se retroussaient en un rictus farouche. Bref, un beau visage d'homme, fort, viril, le visage d'un chevalier intrépide, le visage de...

Catastrophe! C'était le visage de David Ortega!

Depuis cette soirée mémorable, la première passée à la *Casa de los Niños*, il n'avait cessé de la hanter. Et pourtant, cette nuit ne lui avait laissé que des souvenirs flous, à peine quelques images fugaces : David la berçant sur ses genoux; elle-même pelotonnée dans une vieille couverture qui sentait l'after-shave; David l'embrassant sur le front tandis qu'elle sombrait dans un sommeil peuplé de rêves délicieux. Le matin, lorsqu'elle s'était réveillée, Angela l'avait surpris alors que penché sur elle, il la regardait avec un air si doux, si tendre, que la jeune femme avait senti les larmes lui monter aux yeux.

Et puis plus rien. Au point que ce jour-là, elle doutait que cela eût réellement existé. Depuis lors, Angela ne l'avait pour ainsi dire plus revu et, si elle avait attribué tout d'abord cette disparition soudaine au hasard, elle n'avait pas tardé à comprendre qu'il cherchait en fait à l'éviter par tous les moyens.

Contemplant d'un air absent sa feuille de

papier, Angela se rendit compte avec surprise que, tout en rêvant, elle avait modifié insensiblement le visage de son chevalier. L'expression s'était radoucie, le regard avait perdu de sa dureté comme si elle avait préféré conserver l'image de cette nuit passée entre ses bras. « Mais qu'est-ce que tu fabriques? » songea-t-elle, effarée de sa propre audace. Il fallait voir les choses en face : elle le connaissait à peine. En outre, David lui avait fait clairement comprendre qu'il ne tenait pas à s'amouracher de la tante d'une de ses patientes! Pourquoi alors s'acharnait-elle à voir en lui un être différent des autres?

Pourquoi? Parce qu'elle n'était qu'une jeune personne romanesque doublée d'une idiote; parce qu'elle était en panne d'inspiration et incapable depuis des semaines d'écrire une ligne, au point qu'elle commençait à se sentir en manque! Angela poussa un soupir et faillit déchirer sa feuille. Que pouvait-il y avoir de commun entre l'optimiste forcenée qu'elle était et un cynique grincheux comme David Ortega, qui semblait trouver un malin plaisir à lui détruire ses dernières illusions?

Une main toute barbouillée de feutre vint brusquement la tirer de ses réflexions moroses.

— Qu'est-ce qu'il y a, Eric? Tu as des problèmes avec ton chevalier?

— D'abord, ce n'est pas un chevalier, c'est un samouraï, expliqua patiemment Eric. Je venais vous dire que j'ai fini. Qu'est-ce que je fais maintenant?

Relevant la tête, Angela s'aperçut qu'il n'était pas le seul et que les autres élèves commençaient également à s'agiter.

— Bon, écoutez-moi! lança-t-elle d'une voix forte. Nous allons passer à un autre exercice qui n'a plus rien à voir avec le dessin. Nick! Au lieu d'écrire des gros mots sur la veste de ton voisin, tu ferais mieux de faire attention! Vous allez tous fermer les yeux et vous concentrer.

C'était un jeu auquel elle avait souvent joué avec Liz, et ce sans jamais se lasser.

— Tout le monde y est? Bon. Essayez de vous représenter le dragon que vous venez de dessiner. Dites-vous que ce dragon, c'est votre cancer. Ça va, jusque-là? Parfait. Imaginez maintenant que le chevalier va terrasser... enfin, va tuer votre dragon.

— Mais mon chevalier, il est tout petit à côté de mon dragon! gémit l'un des plus jeunes, l'air ennuyé.

— Peu importe. La bataille sera sans doute longue et difficile, mais le chevalier finira toujours par gagner parce qu'il est le plus fort. Tout le monde a bien compris?

Elle eut droit à un concert de « ouais » qui firent bientôt place à un silence quasi religieux. L'atmosphère de concentration qui régnait dans la salle était presque palpable.

Angela avait fermé les yeux, elle aussi. Soudain, elle sentit une large main se poser sur son avant-bras et, durant une fraction de seconde, ce fut comme si son chevalier avait pris vie. Ensuite...

Ensuite, David la tira sans ménagement pour se placer devant elle et il claqua dans ses mains, rompant aussitôt le charme. Angela en lâcha sa feuille de surprise.

— C'est bon, les enfants, la classe est terminée! Je vous rappelle que le groupe de Sylvia a rendez-vous dans cinq minutes à la salle de jeux pour le match de flipper. Au cas où ils l'auraient oublié, je signale à ceux qui avaient l'intention de faire la balade avec moi qu'ils devraient déjà être prêts. Allez hop! On se dépêche!

La salle se vida en un clin d'œil, laissant David et Angela face à face.

— Qu'est-ce que ça signifie? La classe n'était pas terminée! s'écria-t-elle d'une voix indignée.

— Si, répliqua David d'un ton dangereusement calme. Et si tu ne veux pas que ta carrière de monitrice s'achève ici, tout de suite, je te conseille de ne plus jamais recommencer.

Il ramassa la feuille qu'elle avait laissé tomber et la lui agita sous le nez comme s'il s'agissait d'une preuve compromettante.

— Savez-vous ce que cela signifie d'avoir un cancer, miss Newman? Ça n'a rien d'un conte de fées, Angela! explosa-t-il tout à coup. Tu n'as pas le droit de leur donner de faux espoirs!

— Faux espoirs! Belle expression, en vérité, railla-t-elle, tout en s'efforçant de récupérer son dessin. Mais j'en ai une meilleure : « Tant qu'il y a de la vie, il y a de l'espoir. » Comme tu l'as dit toi-même, un certain soir, où est le mal?

— Si tu n'as pas compris, je peux te l'expliquer. Qu'éprouve-t-on, selon toi, lorsque le rêve s'écroule? Crois-moi, je sais de quoi je parle.

— Toutes mes excuses, monsieur Je-sais-tout! rétorqua-t-elle, soudain inquiète en le voyant fourrer la feuille dans sa poche. Je suis ravie d'apprendre que tes années d'études te permettent de savoir exactement ce que ces enfants peuvent éprouver. Un petit détail, cependant : tu n'as pas le cancer. Or, il se trouve que je vis depuis pas mal de temps avec quelqu'un qui l'a. De nous deux, lequel est le plus apte à comprendre ce qu'ils peuvent ressentir, selon toi? Je ne te conteste pas le droit d'être pessimiste, certes, mais à ta place, je ne m'en vanterais pas!

David se mordit la lèvre pour ne pas répondre. Pivotant sur les talons, il s'avança vers la sortie. Cela ne servait à rien de se disputer.

— Libre à toi de penser ce que tu veux, lança-t-il par-dessus son épaule. Tu peux même continuer à leur faire dessiner de vilains dragons et de gentils chevaliers, si ça te chante. Mais à l'avenir, si tu ne veux pas qu'il y a de problèmes entre nous, laisse tomber les séances d'hypnose!

L'incident était clos — du moins le pensait-il — et David se dirigea vers le groupe des randonneurs qui rongeaient leur frein, impatients de partir. Mais Angela ne l'entendait pas de cette oreille.

— Tu n'espères quand même pas te débarrasser de moi si facilement? Je pars avec vous!

David fit signe aux enfants de l'attendre et entraîna Angela hors du groupe.

— Mettons les choses au point, dit-il d'un ton délibérément neutre. Je sais que ce n'est pas ta faute, Angela, mais crois-moi, tu n'es pas assez solide pour supporter ce qui nous attend. Regarde.

Du doigt, il désigna les infirmières qui procédaient aux derniers soins avant le départ, administrant les médicaments, refaisant les pansements, vérifiant que les membres artificiels — pour ceux qui en possédaient — étaient correctement fixés et ne gêneraient pas leurs utilisateurs.

50

— Regarde-les. Dans les semaines à venir, chacun de ces gamins peut très bien se retrouver à l'hôpital. Dans un sens, cette balade n'a rien d'une partie de plaisir. Il y en a qui vont être malades, d'autres qui auront peur, d'autres encore que je devrai porter sur mon dos dans les passages difficiles. Tu penses sincèrement que tu pourrais supporter cela?

— C'est bizarre, j'ai l'impression d'avoir déjà entendu ça quelque part, il y a dix ans..., répliqua Angela. Il faut croire que je suis plus solide que j'en ai l'air.

— «Solide» n'est pas le mot exact. Je dirais plutôt «têtue»!

— Si tu veux. En tout cas, tu ne peux pas m'empêcher de venir. Ce matin, j'ai demandé au directeur la permission d'accompagner Liz et il me l'a accordée.

Sur ces paroles catégoriques, Angela se dirigea vers le gros rocher où s'entassaient les sacs et s'empara du sien, rose et décoré de deux nounours.

— Tu ne viendras pas! aboya David.

— C'est ce qu'on va voir!

«Mais qu'ai-je fait au bon Dieu pour mériter ça?» songea le psychologue en levant les yeux au ciel. Cette randonnée avait représenté pour lui une sorte d'ultime recours contre le trouble grandissant qu'il éprouvait depuis plusieurs jours. La fatigue, les enfants, les mille et une choses dont il allait devoir s'occuper durant cette mini-expédition, lui avaient paru un excellent moyen de chasser une fois pour toutes cette Angela Newman de son esprit. C'était oublier un peu vite à qui il avait affaire!

Quelques heures plus tard, bien campé sur ses jambes, David suivait avec intérêt la progression hésitante de l'unique retardataire de son groupe : Angela. Le soleil tapait fort sur leurs corps en sueur et la température devait probablement dépasser les trente degrés. Depuis le départ de la vallée, il avait remarqué qu'au fur et à mesure que celle-ci augmentait, Angela défaisait un à un les boutons de son chemisier. Si ses calculs étaient exacts, elle en serait bientôt au troisième et, pour rien au monde, David n'auait voulu manquer ce spectacle.

— Hé, Angela! Tu crois que tu y arriveras, ou tu veux que j'appelle les sauveteurs pour qu'ils nous envoient un hélicoptère?

— Très drôle, grommela-t-elle en trébuchant sur une racine. Ne t'inquiète pas, je vous rejoindrai.

— Rendez-vous l'année prochaine, alors.

Angela releva la tête pour répliquer... et se retrouva cinq bons mètres plus bas après avoir effectué une superbe glissade. Un miracle qu'elle ne se soit rien cassé! Nom d'un chien! Par où était-il passé pour arriver là-haut? Et ce fichu sentier qui avait disparu!

— Non, Angela! Pas par là! Prends de l'autre côté!

« Tu parles, mon bonhomme. Si je t'écoute, je suis sûre de me retrouver au camp en moins de deux. » Ignorant délibérément ses indications, Angela prit à droite et se retrouva bientôt prisonnière d'un mur d'épineux infranchissable.

— Bon, maintenant, qu'est-ce qu'on fait? marmonna-t-elle, furieuse contre elle-même

— Au lieu de parler toute seule, tu ferais mieux

d'écouter mes conseils pour une fois, reprit la voix de David, à quelques pas de là.

— Tes conseils, tu peux les garder!

— Un coup de main, alors? dit-il en surgissant comme par magie des buissons.

— Ça, je ne dis pas.

Elle tendit le bras par-dessus le rocher qui les séparait.

— Allez, un petit effort. Tu y es presque.

« C'est ça, continue à te moquer de moi », songea Angela en serrant les dents. La tentation était grande de l'envoyer faire la culbute dans ces maudits fourrés. Il suffirait de tirer un bon coup sur la main qu'il lui tendait...

— Tu te décides, oui ou non? .

« Tu ne perds rien pour attendre, mon gaillard. Je t'aurai au tournant. »

— Eh ben, mon vieux, souffla David en la hissant sur le rocher. Ça promet! Tu l'as fait exprès ou quoi?

A peine était-elle arrivée qu'il la lâcha aussitôt, comme s'il avait peur de se brûler, si bien qu'Angela dut lutter pour ne pas perdre l'équilibre. Il ne voulait pas la toucher? Tant mieux! Elle n'y voyait aucune objection, au contraire. Ce n'était toutefois pas une raison pour la rudoyer comme il le faisait depuis le départ. Après lui avoir décoché un de ces regards superbement outrés dont elle avait le secret, elle passa devant lui avec l'intention de prendre la tête.

En quelques enjambées, David l'avait rejointe. Il s'apprêtait à la doubler lorsqu'elle s'agrippa à son T-shirt et s'écria d'une voix hachée :

— Une minute! Une petite minute! Je sais que nous sommes l'un et l'autre deux magnifiques spécimens humains en parfaite santé, mais de temps en temps, il faut penser aux autres. Toi et moi avons chacun deux bras et deux jambes pour escalader cet Everest miniature, mais je te rappelle, au cas où tu l'aurais oublié, que tout le monde ici ne peut en dire autant.

— Que je sache, personne ne s'est plaint.

« Bien entendu! ils ont trop peur de toi! »

— C'est parce que personne n'a envie de te décevoir. Mais tu ne penses pas qu'il vaudrait mieux attendre qu'ils se rétablissent avant d'essayer de leur infliger ce parcours du combattant?

Évitant soigneusement de la regarder, David ramassa une poignée de cailloux et se mit à les jeter les uns après les autres le long de la pente.

— Nous avons déjà discuté de tout cela, il me semble. Mais pour ne pas gâcher cette randonnée, je suis prêt à me répéter, si c'est cela que tu désires. La plupart de ces enfants n'ont aucune chance de se rétablir un jour. L'effort qu'ils accomplissent aujourd'hui, certains n'en seront sans doute plus capables la semaine prochaine ni jamais. Je veux que demain, ou après-demain, ils puissent se souvenir de cette journée et se dire : « Je n'ai pas flanché. » J'ajouterai pour ma part que s'il y a un traînard ici, c'est toi.

— Parlons-en! Pense à ce que dira le directeur quand tu seras obligé de lui avouer que ton accompagnatrice est morte d'épuisement! Pense aux procès qui vont suivre. Pense... à mes pauvres pieds couverts d'ampoules.

— Je pense surtout que tu vis depuis trop longtemps à Los Angeles et que son fameux brouillard chimique t'a non seulement grignoté le cerveau mais aussi les poumons.

Il lui donna une bonne claque dans le dos.

— Et comme ça, tu respires mieux?

— Disons que maintenant j'ai tellement mal au dos que j'en ai oublié mes pieds. Pitié, Seigneur! Qu'on m'abandonne ici et qu'on me laisse mourir en paix!

— Tiens donc. Je croyais que tu étais solide comme un roc?

— Tu sais très bien ce que je voulais dire. Je... aïe! Non, vraiment, je n'en peux plus. C'est imposs... Trop tard!

— C'est impossible, hein? Bizarre... Qui m'avait donc affirmé que ce mot n'existait pas?

Avec un sourire gourmand, il se cala solidement contre un tronc d'arbre pour l'aider à franchir l'éboulis.

En sentant deux mains se poser sur ses fesses et la propulser en avant, Angela devint aussi rouge que le mini-short qu'elle portait.

— Moi! haleta-t-elle enfin. Mais c'était avant de m'embarquer dans ce commando-suicide. J'aurais dû me douter qu'il y avait quelque chose de louche en te voyant en pantalon alors qu'il fait une chaleur infernale.

— Tss, tss, erreur de jugement. Tu ne me verras jamais en short, quel que soit le temps.

— Et pourquoi donc? dit-elle en lorgnant par-dessus son épaule les jambes serrées dans le jean. Je suis sûre que tu n'as rien à cacher.

David fit une pause pour reprendre son souffle et il l'examina tranquillement.

— Peut-être que j'ai les genoux cagneux...

— Hum..., ça m'étonnerait.

Le jeu commençait à devenir dangereux, mais ni David ni Angela n'étaient capables d'arrêter. Il s'approcha d'elle et murmura d'une voix rauque, trop rauque pour que l'effort qu'il venait de fournir en fût le seul responsable :

— On parie?

Les grands yeux verts d'Angela s'écarquillèrent de surprise. Du diable si elle s'attendait à une proposition aussi franche. Pour être tout à fait honnête, peut-être s'y attendait-elle un petit peu; peut-être même l'avait-elle secrètement espérée; peut-être...

— Tante Angela! Enfin, te voilà! Les autres commençaient à se demander s'il ne t'était pas arrivé un accident.

Ouf! Sauvée par le gong.

— Un accident? dit Angela en haussant exagérément les sourcils. A une alpiniste chevronnée comme moi? Vous voulez rire!

Liz disparut du rocher où elle avait surgi et Angela en profita pour essuyer la sueur qui lui piquait les yeux.

— Un accident, bougonna-t-elle, vexée. Mais je suis en pleine forme! C'est ce que tout le monde ne cesse de me répéter.

— Il faut croire que tout le monde ment! lui cria David, qui l'attendait en haut de la pente après avoir grimpé les derniers mètres à toute allure. Non seulement tu n'es pas en pleine forme — et de loin —, mais tu n'es pas non plus dans les temps. Si nous ne sommes pas au campement dans une heure, ils vont nous envoyer l'équipe de secours.

— De mieux en mieux, grommela-t-elle entre ses dents.

Sollicitant ses dernières forces, elle parvint à se hisser jusqu'à David et s'affala sur le ventre en soufflant comme un phoque.

— Tiens, bois ça, dit David en lui tendant sa gourde. Hé! Doucement! Je n'ai pas envie que tu recraches sur mes affaires. Tu m'as suffisamment gâché l'existence comme ça.

— C'est facile de rejeter la faute sur moi, dit-elle entre deux gorgées. On ne se connaît que depuis quelques jours et tu m'évites déjà comme si j'avais la peste.

— Pour ce que ça m'a servi, soupira David. L'étendue des ravages qu'exerce ta seule présence ici semble croître d'heure en heure. Grâce à toi, un gamin sur deux, dans le camp, est persuadé désormais qu'il lui suffit d'un peu de poudre de perlimpinpin pour aller mieux.

— Il faut croire que nous ne partageons pas la même philosophie de la vie. Si l'on y réfléchit bien, j'ai l'impression que rien en moi ne te plaît.

Elle roula sur le dos et lui jeta un regard chargé de défi.

— Perdu, lâcha-t-il d'une voix brève en la forçant à s'agenouiller, de sorte que leurs visages n'étaient plus qu'à quelques centimètres l'un de l'autre. Comme d'habitude, tu prends les choses à l'envers. En fait, tout me plaît, en toi; c'est bien là le problème!

— Même s'il faut un hélicoptère pour arriver à me soulever? riposta-t-elle d'un ton acide.

David ne répondit pas. Ses yeux s'égarèrent sur le corsage trempé de sueur qui lui moulait les seins. D'un coup, toute volonté semblait l'avoir abandonné. Lentement, il la prit par la taille et l'attira contre lui.

« L'épuisement. L'épuisement physique, c'est la seule explication », songea Angela tandis qu'elle se laissait faire sans réagir.

Les doigts tremblants, David se mit à lui caresser la nuque. Cela faisait des jours qu'il rêvait de cet instant, à en devenir fou parfois. Il ne pouvait laisser échapper cette occasion de la tenir enfin dans ses bras, même s'il ne fallait pas, même s'il n'avait pas le droit, même si... Le gémissement de plaisir qui s'exhala alors les lèvres entrouvertes d'Angela balaya ses dernières réticences.

De sa peau douce et humide, il sentait la chaleur irradier en ondes successives à travers le mince écran de tissu. Fasciné, il vit une goutte de sueur naître sous ces lèvres adorables, suivre la courbe du menton, glisser le long du cou pour ralentir à la naissance du sein. D'un coup de langue, il la fit disparaître et ferma les yeux pour mieux en goûter la saveur un peu âcre, un peu piquante. Puis, d'une main douce mais ferme, il la poussa sur le côté, de sorte que bientôt ils se retrouvèrent à demi couchés sur le sol, à l'abri des regards indiscrets grâce à l'écran que formaient les buissons au-dessus de leurs têtes. Il aurait dû se douter que tout cela finirait ainsi. Il la sentait en cet instant si vulnérable, si fragile qu'il avait presque l'impression de commettre un crime. Mais il avait tant besoin d'elle! Seigneur, si seulement elle savait combien il avait besoin d'elle...

Angela avait depuis longtemps renoncé à toute résistance. Les paupières closes, elle se laissait emporter par les vagues de désir qui naissaient à chacune de ces caresses, à chacun de ces baisers. Un chevalier, certes, mais un chevalier noir, voilà ce qu'il était; une personnalité complexe, tortueuse, dont elle avait du mal à saisir le cheminement, et qui n'avait assurément rien du prince Charmant qu'hier encore elle appelait de ses vœux. Pour une fois, elle, l'écrivain, devait reconnaître que la réalité était capable de dépasser la fiction, ou plus exactement, qu'aucun de ses rêves, même les plus fous, aucun des romans d'amour qu'elle se plaisait à imaginer lorsqu'elle était seule n'atteindraient jamais l'intensité de ces moments-là.

Quelques instants plus tard, David s'écarta, haletant, et il la tint à bout de bras pour mieux la contempler. Il se rendit compte avec stupeur que ni l'un ni l'autre n'avaient ôté leurs vêtements. Pourtant, il se sentait aussi proche d'elle que s'ils venaient à l'instant de s'unir.

« Encore quelques minutes, juste quelques minutes, se dit-il avec une sorte de fureur désespérée. Après, je jure... »

— Tante Angela! David! Mais qu'est-ce que vous fichez là-dessous? Tout le monde vous attend.

La petite voix flûtée de Liz eut sur David l'effet d'une douche glacée. Il roula sur lui-même et, d'un bond, se redressa, l'air passablement embarrassé.

— On arrive! hurla-t-il.

— Oui, c'est ça, on arrive, bredouilla Angela qui refusait d'ouvrir les yeux pour mieux savourer le bonheur de ces quelques minutes passées entre ses bras. Figure-toi que je m'étais encore perd...

— Dis-leur de ne pas bouger! la coupa David. On est là d'ici une seconde.

— Mais que se passe-t-il? Pourquoi cet affolement? s'étonna enfin Angela.

— Ils vont appeler l'équipe de secours, grogna-t-il d'un ton vague. Bon Dieu! Quel imbécile!

— Il a raison, fit Liz, toujours invisible.

Angela jeta un regard noir en direction des buissons. Nièce ou pas nièce, cette chipie méritait bien qu'on lui torde le cou!

David continuait à jurer entre ses dents tout en ramassant leurs affaires.

— Tu peux te vanter de nous avoir fourrés dans un fameux pétrin, maugréa-t-il à l'intention de la jeune femme. Allez, dépêche-toi! Dire que tu as failli réussir à me faire croire aux miracles... Ça n'existe pas, les miracles. Tu te prends pour qui, à la fin? Mary Poppins? La fée Clochette? Eh bien, sache que moi, je ne suis pas Peter Pan! Dommage, d'ailleurs, parce que c'est le moment où jamais de savoir voler.

— Mais David, je ne comprends pas.

— Il n'y a rien à comprendre. Allons-y.

Troublée, Angela baissa la tête tandis qu'il s'élançait sur le sentier. « Mary Poppins! Fée Clochette! » bougonnait-elle intérieurement tout en courant pour ne pas se laisser distancer. Soudain, elle se mit à rire.

— Après tout, pourquoi pas? dit-elle à voix haute en lançant une pincée imaginaire de poudre de perlimpinpin sur son chevalier récalcitrant.

4

— POUAH! je dois avoir l'air d'une véritable sorcière, maintenant! ronchonna Angela.

Couverte de la tête aux pieds d'une épaisse couche de poussière, elle dénoua son foulard et s'essuya le front. De la fée Clochette à la fée Carabosse, il n'y avait qu'un pas, et ce pas, celui qui était devenu son tortionnaire attitré le lui avait fait franchir sans hésitation dès qu'elle avait rejoint le reste du groupe, complètement épuisée. Sous prétexte de rassembler du bois et des pierres pour le feu de camp, cela faisait des heures — des siècles, oui! — qu'elle trimait comme une esclave sans que personne prenne la relève.

Un chevalier? Mon œil! Quel homme bien né aurait infligé à une faible femme pareil outrage? Avec l'eau de sa gourde, Angela mouilla un coin de son chemisier et se frotta le visage pour tenter d'en ôter la crasse. Le résultat n'était guère satisfaisant : elle avait à présent de grandes traînées noires autour des yeux, ce qui la faisait ressembler à un raton laveur. Découragée, elle se laissa tomber sur le fruit de son labeur, à savoir l'énorme tas de pierres qu'elle avait transportées à grand-peine jusque-là, en jurant à chaque pas.

— Pas de doute, ma petite, grommela-t-elle. Il faut que tu te fasses examiner la tête au plus vite. Seul un psychiatre serait capable de deviner les raisons qui t'ont poussée à te porter volontaire pour cette expédition!

Quand on parlait du loup... Angela bondit sur ses pieds tandis que son psychiatre-psychologue favori lui enfonçait brutalement un chapeau de paille sur le crâne.

— C'est de l'inconscience ou de la stupidité? tonna-t-il d'un ton exaspéré. Je m'en voudrais de te rappeler aux dures réalités de l'existence, mais même un extra-terrestre débarquant pour la première fois dans ce coin perdu aurait la présence d'esprit de se protéger du soleil!

Le couvre-chef dont il venait si galamment de l'affubler était dix fois trop grand pour elle et empestait le poisson pourri. Dans un soudain accès de rage, Angela l'arracha et le jeta par terre.

— Eh bien, il serait temps d'en changer.

— Hé! C'était mon préféré! s'exclama David.

Son préféré!

— Eh bien, il serait temps d'en changer.

David se baissa pour ramasser son chapeau et un sourire amusé naquit sur ses lèvres tandis qu'il s'efforçait de lui redonner un aspect présentable.

— Voyez-vous ça. Notre petite Cendrillon se permet de me donner des conseils vestimentaires. C'est toi qui aurais bien besoin de renouveler ta garde-robe.

Et pourtant, malgré la poussière, malgré la fatigue qui lui tirait les traits, Angela était de loin la fée la plus désirable qu'il ait jamais eu l'occasion de rencontrer.

— A qui la faute? riposta Angela en pinçant d'un air dégoûté le chemisier poisseux qui lui collait à la peau. Je me suis contentée d'obéir aux ordres et voilà le résultat!

Jetant un coup d'œil autour de lui, David laissa échapper un long sifflement moqueur.

— Effectivement, dit-il en se baissant pour ramasser quelques pierres parmi les plus grosses. Une fois de plus, tu t'es montrée plus royaliste que le roi. Ces pierres, c'était juste pour faire un feu de camp, tu sais. Pas pour construire une autoroute!

Il désigna d'un mouvement de tête la montagne de bois qui s'élevait à côté d'elle.

— Quant au bois, je crois qu'avec ça, on est paré pour au moins deux ans. Maintenant, filons avant qu'on vienne nous accuser d'abattage illicite. Tiens, tu n'as qu'à prendre quatre ou cinq grosses bûches et du petit bois.

— Très drôle.

David ne cessa de ricaner tout au long du chemin, comme s'il trouvait irrésistible le zèle dont elle avait fait preuve. Ainsi, il n'avait donc pas tout à fait perdu son sens de l'humour, à moins qu'il n'ait été touché par la grâce... ou par une pincée de poudre de perlimpinpin!

Lorsqu'ils arrivèrent au camp, les tentes étaient déjà dressées ainsi que les douches, mais pas trace des enfants.

— Où sont-ils passés? s'enquit Angela.

— Ils sont partis nager avec ceux de la deuxième équipe.

Il fit halte près d'un chêne gigantesque sous

lequel on avait planté deux tentes côte à côte. L'une d'elle portait en évidence le logo de la colonie, tandis que l'autre ressemblait étrangement à celle qu'Angela avait achetée la veille à Ramona.

— Et bien sûr, reprit David, qui est resté tout seul pour monter le camp? Je te laisse deviner.

Le regard d'Angela allait d'une tente à l'autre et elle se rendit compte avec effarement qu'une vingtaine de centimètres à peine séparaient leurs habitations respectives. «Imprévisible», le mot était faible. Cet homme était un cas pathologique digne de figurer dans les annales de la psychiatrie! Une véritable machine à souffler le chaud et le froid suivant ses sautes d'humeur aussi brutales qu'incompréhensibles; un être divisé, un Janus aux deux visages, et le pire, c'était qu'Angela ne pouvait jamais savoir à l'avance auquel des deux elle allait avoir affaire.

Tout cela la déroutait. Les héros de ses livres n'étaient que preux chevaliers, aimables et prévenants. Dans la vie réelle, elle-même s'était toujours sentie attirée par les hommes tout d'une pièce, les hommes au caractère égal et qui la rassuraient. Aucun d'entre eux, pourtant, réel ou fictif, n'avait été capable de lui inspirer ce flamboyant désir qui la dévorait chaque fois qu'elle se trouvait en présence de David.

Alors qu'elle s'ébrouait, comme pour chasser ces pensées inquiétantes, elle s'aperçut que, durant tout ce temps, elle n'avait cessé de dévisager celui qui les avait fait naître.

— Eh ben, dis donc! émit-il d'une voix moqueuse. Quel regard, mes aïeux! On peut savoir à quoi tu penses quand tu décroches comme ça? Ne me dis pas que c'est moi qui te mets dans cet état.

Angela réprima l'envie qu'elle avait soudain de tout lui avouer. Comment un être aussi terre à terre que David pourrait-il jamais comprendre qu'il n'y avait rien de mal à se laisser aller à la rêverie de temps en temps?

— J'étais en train de me demander si tu avais réussi à découvrir autre chose en fouinant dans mes affaires?

— Oui. Ça, par exemple, dit-il, la bouche fendue jusqu'aux oreilles, en extrayant de sa poche un minuscule bikini. J'avais la permission. Liz m'a dit que tu n'avais rien à cacher.

Une lueur coquine se mit à briller au fond de ses yeux clairs.

— Ça tombe bien, figure-toi, parce que si tu veux mon avis, ce genre de truc ne doit pas cacher grand-chose.

Angela se racla bruyamment la gorge, incapable tout à coup de se rappeler si elle avait pensé à prendre un T-shirt de rechange. Ce bikini était tout ce qu'elle avait pu trouver en fait de maillot de bain à Ramona, et il fallait reconnaître que, dans cette large main d'homme, il paraissait ridiculement petit.

— Tu as raison. Je crois que je ferais mieux de ne pas le mettre.

— Quoi? Tu veux te baigner toute nue? s'écriat-il en se méprenant volontairement sur le sens de ses paroles. Je doute que le directeur du camp apprécie..., ce qui, je te rassure tout de suite, n'est heureusement pas mon cas. Si tu es prête à attendre qu'il fasse nuit, sache que j'ai mon brevet de maître-nageur et que je serai ravi de surveiller ta baignade.

Le visage d'Angela vira à l'écarlate.

David Ortega, si tu ne retires pas tout de suite ce que tu viens de dire, je... je ne sais pas ce que je vais faire mais...

— Du calme, du calme, répondit David sans cesser de sourire. En fait, si je suis venu te chercher, c'est pour savoir si tu es disposée à accompagner Liz. Je ne peux... je n'ai pas l'intention d'aller me baigner, et je préférerais qu'il y ait un adulte avec elle, dans l'eau. On ne sait jamais.

— Ah, euh... dans ce cas, pas de problème. Laisse-moi simplement le temps de me changer.

— Parfait. Je vais dire à Liz que tu es d'accord. Pour nous rejoindre, tu n'as qu'à suivre le sentier qui descend. Tu verras, tu ne peux pas nous manquer.

Il eût été en effet difficile de faire autrement, constata Angela, quelques minutes plus tard : David était le seul à ne pas batifoler joyeusement dans le petit lac, et il se contentait de surveiller ses ouailles depuis la rive. Il avait conservé son jean et ses horribles tennis orange, le sweat-shirt étant la seule concession qu'il ait osé faire au soleil radieux de cette fin d'après-midi.

Angela l'observa à la dérobée tandis qu'elle s'enfonçait dans l'eau froide. Ses épaules étaient plus larges qu'elle ne l'avait cru de prime abord, et ce torse...

Elle plongea la tête dans le lac en priant pour que la fraîcheur de l'eau parvienne à calmer son esprit en ébullition. Liz était l'unique raison pour laquelle elle s'était embarquée dans cette galère — avait résolu d'y rester. Dans un crawl puissant et souple, elle se dépêcha de rejoindre Liz et ses amies qui s'amusaient déjà comme des folles. Durant l'heure qui suivit, elle s'employa du mieux qu'elle put à oublier la présence de David.

Hélas, elle ne s'était jamais rendu compte auparavant combien il était facile de faire deux choses en même temps. Ainsi, tandis qu'elle jouait avec les fillettes qui riaient aux éclats quand elle les lançait en l'air, Angela ne cessait d'épier du coin de l'œil David qui venait d'organiser un concours de natation, hurlant ses encouragements depuis la rive.

— ... que tu leur apprennes la danse de la fée Dragée.

— Hein? fit Angela d'une voix distraite.

Mais si! Tu te rappelles? Celle que tu m'avais apprise l'été dernier dans la piscine, s'obstina Liz en tirant avec insistance sur le maillot de bain d'Angela, histoire sans doute de lui rafraîchir la mémoire.

— Ah, oui... Ce n'était pas vraiment une danse, tu sais, plutôt une sorte de ballet nautique. Rien d'extraordinaire.

— Tu rigoles? s'exclama Liz. C'était génial! Je veux que tu la leur apprennes.

Angela hésita. Si sa mémoire était bonne, le morceau comportait bon nombre de figures plutôt suggestives et, ce qui n'arrangeait rien, elle avait l'impression que son bikini avait encore rétréci au contact de l'eau.

— Écoute, Liz, reprit-elle. Je ne sais pas si c'est bien le moment.

— S'il te plaît, tante Angela, supplia la fillette. Fais-nous plaisir, quoi!

— Bon, bon, soupira la jeune femme. Mais pas longtemps, alors.

En quelques minutes, David n'eut plus qu'à dire adieu au match de water-polo qu'il était en train d'arbitrer. Faute de combattants, le jeu avait en effet cessé. Tous les mâles âgés de moins de dix ans étaient trop occupés à ricaner bêtement en singeant les évolutions plus ou moins gracieuses des fillettes autour d'Angela. Quant au plus vieux... « Il est temps de battre le rappel et de renvoyer tout le monde au camp », songea David avec un froncement de sourcils.

Après s'être assuré qu'il était le seul spectateur encore présent sur la rive, David put enfin savourer le plaisir d'admirer Angela sans crainte des coups d'œil indiscrets. Dans un monde où une peau bronzée était devenu synonyme de beauté, Angela faisait figure d'exception. David ne pouvait détacher son regard de ce corps à la pâleur crémeuse dont il devinait, plus qu'il ne les voyait réellement, les taches de rousseur aux endroits que le soleil avait rosis : le nez, les épaules, la naissance des seins. En dépit de cela, en dépit de ses cheveux mouillés plaqués sur son crâne tels un casque de cuivre, on l'eût dit sortie tout droit d'un de ses livres, personnage éthéré, princesse ou fée. Toujours suivie de ses naïades encore un peu gauches, Angela enchaînait les mouvements avec une harmonieuse fluidité, laissant admirer au passage une jambe fuselée qui pointait hors de l'eau avant de disparaître, aux accents d'une musique qu'elle seule pouvait entendre.

Quand enfin le ballet s'acheva, Angela partit d'un grand éclat de rire, comme pour se moquer de sa propre audace.

— C'est fini, les enfants, dit-elle en distribuant des tapes affectueuses sur les petites têtes qui surnageaient autour d'elle. Allez, tout le monde sort de l'eau.

— Et toi, tu ne viens pas? demanda Liz en bâillant.

— J'arrive dans cinq minutes, promit Angela. Laisse-moi le temps de souffler un peu. Toi et les petites amies, vous m'avez épuisée!

Angela mentait. Au contraire, elle se sentait gonflée à bloc. Durant ces moments d'évasion — comme lorsqu'elle écrivait un livre — elle éprouvait toujours un sentiment de sécurité, une certitude que rien ni personne ne pouvait l'atteindre, la touch...

— David Ortega! Misérable voyou! cria-t-elle en battant frénétiquement des bras pour ne pas couler.

Angela savait que c'était lui avant même d'ouvrir les yeux. Elle ne connaissait qu'une seule personne au monde qui fût capable d'interrompre sa rêverie en lui posant une poche de glaçons sur la tête.

— Comment as-tu osé me faire ça? C'est gelé!

— Forcément, ce sont des glaçons. Tu veux que je recommence? s'enquit-il d'une voix innocente.

— Essaie un peu!

— Bon, bon, je m'excuse. C'est le seul moyen que j'ai trouvé pour attirer ton attention. J'ai eu beau t'appeler, tu ne répondais pas.

— Tu veux dire que tu n'as fait cela que pour attirer mon attention? dit-elle, incrédule, tandis qu'il l'aidait à sortir de l'eau.

— Avoue que cela a été radical. En réalité, j'étais curieux d'observer ta réaction.

Il la tint à bout de bras et lorgna sans vergogne

les bouts de ses seins durcis par le froid, qui pointaient sous le mince tissu.

— J'ai passé mon après-midi à regarder Nick et Eric reluquer les filles. Que veut-tu que je te dise?

— Tu pourrais commencer par t'excuser avec un peu plus de conviction, répliqua Angela qui tenta de prendre un air mortellement offensé sans y parvenir tout à fait.

— Ça va être difficile, avoua-t-il. Je sais que tu n'as pas cessé de me regarder depuis que tu es rentrée dans l'eau, il y a exactement.

Il fit mine de consulter sa montre.

— ... trois heures et vingt-sept minutes. Rendons un instant hommage à ma conscience professionnelle qui m'a empêché de renvoyer tout le monde dès la première minute.

— Parce que tout le monde est rentré?

— Comment, tu ne t'en étais pas aperçue? dit-il d'un ton faussement étonné.

Puis son visage redevint grave et David l'attira lentement à lui. Les yeux clos, la tête renversée en arrière, Angela attendit son baiser...

Un baiser qui ne vint pas. Quelques secondes plus tard, rouvrant les yeux, elle vit qu'il avait tourné la tête. Son expression était tendue, comme s'il flairait un danger invisible.

— David, au nom du ciel, que se passe-t-il encore?

Un doigt sur la bouche, il lui intima l'ordre de se taire. A force de tendre l'oreille, Angela finit elle aussi par saisir des éclats de voix, étouffés par la distance, en provenance de la rive opposée.

Encore hésitant, David lui caressa tendrement la joue et poussa un profond soupir.

— Le devoir m'appelle, expliqua-t-il. J'ai l'impression que Sylvia a des problèmes avec Nick, et je crois deviner ce dont il s'agit.

C'était mettre à rude épreuve la patience d'Angela qui, contrairement à son habitude, ne put réprimer une bouffée d'égoïsme.

— Serait-ce trop te demander que d'oublier cinq minutes ton travail ? Laisse donc Sylvia se débrouiller toute seule.

— Je ne peux pas, marmonna-t-il tandis qu'au loin, les glapissements aigus de Nick se mêlaient aux grondements excédés de Sylvia. Cette affaire n'est pas de son ressort et elle le sait.

Angela courut derrière David qui se hâta de contourner le lac.

— Je peux peut-être t'aider ?

— Désolé, mais ce n'est pas non plus de ton ressort.

— Bref, comme d'habitude, monsieur est le seul à pouvoir intervenir efficacement.

— A quelque chose, malheur est bon, répliqua-t-il de façon énigmatique. J'ignore s'il s'agit réellement d'un avantage, mais il se trouve que je suis particulièrement bien placé pour comprendre le problème de Nick.

Accélérant l'allure, il arriva enfin sur les lieux du drame et, tout en faisant signe à Angela de se tenir à l'écart, il se glissa devant Sylvia pour faire face à l'adolescent.

— Alors, Nick, on donne du fil à retordre à la dame ?

Ce n'était plus le pitre de service qu'il avait devant lui, celui qui faisait hurler de rire toute la cantine par ses facéties, mais un garçon à bout de nerfs, prêt à tout. David savait qu'il ne pouvait se permettre le moindre faux pas.

— C'est bien tout ce que je peux encore leur donner, aux «dames!» hurla Nick, blanc de fureur. Ça vous fait rire, peut-être?

Il se jeta sur le sol et se couvrit la tête de ses mains.

— Tout le monde se fiche de moi. Admirez le champion! Je ne suis même pas fichu de traverser un petit bassin de rééducation sans deux types de chaque côté pour m'empêcher de me noyer. Alors, un lac, vous pensez!

Essuyant ses larmes avec rage, il se tourna vers David.

— Je vous déteste, tous, tous! Je veux rentrer chez moi, tout de suite!

— Et pourquoi ça? répondit David en s'agenouillant près de lui. Pour avoir le plaisir de tourmenter ta famille au lieu de nous? Pour que ton entourage se sente coupable d'être en bonne santé alors que le pauvre petit Nick a un cancer?

Angela ne put réprimer un hoquet de surprise. A l'évidence, Nick souffrait terriblement, et David ne trouvait rien de mieux que de remuer le couteau dans la plaie.

— Vous, vous ne pouvez pas comprendre! se défendit Nick. Vous n'avez pas le cancer. Moi, oui! Et par n'importe lequel, pas une leucémie, non. Un cancer des os! Qu'est-ce que vous voulez que je fasse avec ça?

Il balança avec violence ses béquilles dans l'eau et retroussa son pantalon, révélant des prothèses qui s'arrêtaient juste au-dessous du genou.

— Je suis un monstre? Je suis un...

— Tu es vivant! hurla David en le prenant par les épaules et en le secouant comme un prunier.

72

Au lieu de pleurnicher, regarde autour de toi! Il y en a combien ici qui donneraient leurs jambes, leurs bras, et plus encore, ne serait-ce que pour pouvoir s'asseoir dans l'eau? Et toi, tu as le culot de rouspéter parce que monsieur pense qu'il ne pourra plus jamais remporter une compétition? Si tu avais un peu plus de cran, tu ne resterais pas là à pleurer comme une mauviette, tu serais déjà dans l'eau à essayer de nager!

— Vous n'avez pas le droit de me parler sur ce ton!

— Si ce n'est pas moi qui le fais, personne ne le fera! rugit David. Ce dont tu as besoin, en réalité, c'est d'un bon coup de pied aux fesses, mais tu préfères que les gens aient pitié de toi. Voilà la vérité!

La lèvre inférieure de Nick se mit à trembler et Angela, bouleversée par ce spectacle, faillit s'élancer vers lui pour le prendre dans ses bras.

— Il est allé trop loin, murmura-t-elle à Sylvia.

— Vous ne pouvez pas comprendre, répondit la psychologue qui observait David avec une sorte d'admiration respectueuse.

— Mais j'ai besoin de nager! reprit Nick d'une voix suppliante.

— Alors, fais-le.

— Avec ces horreurs? gémit l'adolescent en frappant sur ses jambes artificielles.

— Enlève-les, répondit calmement David. Tu n'en as besoin que pour marcher. Tu peux réapprendre à nager, Nick. Si tu le veux vraiment, tu le peux.

— C'est ça. Et dès que je rentre dans l'eau, je coule comme une pierre!

— Faux. C'est uniquement une question de rééducation.

— Mais tout le monde va rigoler!

— Et alors, on en est tous au même point ici, non? Ce n'est pas une excuse.

— Ah, pardon! Vous, vous n'êtes pas comme nous, Sylvia non plus, et elle non plus, dit-il en désignant Angela. Vous et Sylvia, vous avez l'habitude de nous voir. Elle, non. Si vous croyez que je vais me déshabiller devant elle pour aller me tortiller comme un têtard dans la flotte, vous êtes fou!

— Je m'en vais, dit Angela précipitamment.

— Ne bougez pas! souffla Sylvia d'un ton qui n'admettait pas de réplique.

— Alors, c'est que je suis fou, reprit David tout en défaisant les prothèses de l'enfant. Parce que je te promets que tu vas y aller.

— Non, David! s'écria Angela. Ne fais pas ça!

— Il le faut. Ne t'inquiète pas, mon gars, tu ne seras pas tout seul. Je viens avec toi.

— C'est facile de dire ça, cracha Nick avec une rancœur mal dissimulée. Si j'étais comme vous, je me ficherais pas mal qu'elle me regarde.

— Assez discuté. Tu m'as promis d'essayer, alors on y va!

— C'est pas vrai! cria Nick, affolé. J'ai seulement dit que je le ferais volontiers si j'étais comme vous. Lâchez-moi!

David reposa sur le sol l'adolescent qu'il venait de porter jusqu'à bord de l'eau et, se tournant vers Angela, il adressa à la jeune femme un regard si désespéré qu'elle en fut bouleversée. Puis il s'assit près de Nick et commença à retirer ses chaussures. Dans sa chaussette, une feuille de papier pliée en quatre attira soudain son attention. Il la glissa avec soin avant de l'examiner longuement. Enfin, il la mit de côté et continua de se dévêtir.

Un coup de vent s'empara de la feuille et la déposa aux pieds d'Angela qui ne put s'empêcher d'y jeter un coup d'œil. Seigneur! C'était le portrait de David en chevalier qu'elle avait dessiné le matin même...

— Tu vois, Nick, reprit David, nous avons beaucoup plus de points communs que tu ne semblais le croire.

En équilibre sur une jambe, il ôta sa chaussure droite, et la laissa tomber à terre, avec son pied artificiel.

— Les chevaliers ne sont plus ce qu'ils étaient, ajouta-t-il devant un Nick qui le regardait, médusé. Allez, déshabille-toi, on va faire trempette. Cela fait des années que je n'ai pas nagé, moi non plus, et j'aurai bien besoin d'un coup de main.

Assise sur l'herbe à côté de Sylvia qui souriait toujours, Angela les vit tous deux s'enfoncer dans l'eau du lac, l'adolescent accroché aux puissantes épaules de David. Ils s'éloignèrent peu à peu de la rive.

5

— Venez, dit gentiment Sylvia en l'entraînant
par le bras. Il faut savoir parfois laisser les gens
livrer leurs propres batailles avant d'intervenir.

Angela lui emboîta le pas avec réticence, se
retournant toutes les cinq secondes pour s'assurer
qu'ils n'étaient pas en train de se noyer.

— Je... dites-moi... Mon Dieu, je ne sais pas par
où commencer! s'exclama-t-elle enfin.

— Vous voulez savoir pourquoi il ne vous l'a
pas dit plus tôt, pourquoi si peu de gens sont au
courant et pourquoi cela fait de lui un extraodi-
naire conseiller — je devrais dire un confident —
pour ces enfants?

Sylvia lui jeta un rapide coup d'œil de biais et
sourit.

— A quoi bon me donner cette peine puisque
vous ne prêtez pas la moindre attention à ce que je
vous raconte?

Angela s'arracha avec peine à la contemplation
du lac pour se concentrer sur le sentier qui
remontait la pente en serpentant. Le caractère
éminemment confidentiel de ces renseignements
ne lui avait pas échappé, mais il lui fallait à tout

prix connaître la vérité. D'ailleurs, Sylvia l'avait bien compris. De cela elle était sûre.

— Il ne s'agit pas d'une curiosité malsaine de ma part, Sylvia. C'est très important pour moi.

— J'en suis persuadée, l'interrompit Sylvia avec douceur. Mon problème, voyez-vous, c'est que les informations que j'ai pu recueillir sur ce sujet vont des confidences que l'on fait à son médecin jusqu'aux secrets partagés entre amis, en passant par les rumeurs plus ou moins fondées qui circulent dans le camp. Le secret médical m'empêche par conséquent de vous en révéler une partie, mais surtout, je ne voudrais pas vous priver de l'occasion de découvrir tout cela par vous-même. Outre que je perdrais alors la confiance d'un ami, ce serait également le priver, lui, de l'occasion d'apprendre qu'il existe sur terre d'autres femmes en qui il peut avoir confiance.

— Bref, si je comprends bien, c'est à moi de me débrouiller pour trouver les réponses, grommela Angela, assez déçue.

— En quelque sorte, répondit Sylvia qui s'éloignait déjà, guidée par la bonne odeur de nourriture qui s'échappait d'une des tentes. Je sais que David a d'excellentes raisons d'être prudent avec les femmes. S'il a suffisamment confiance en vous pour vous ouvrir son cœur, soyez prête à accepter ce que vous y découvrirez. Il est plus fragile que vous ne le croyez et je ne voudrais pas le voir souffrir.

— Sylvia, attendez-moi!

Angela se précipita à sa suite et, une fois arrivée au camp, elle l'aida à servir le repas aux enfants.

— Ne vous méprenez pas, reprit-elle tout en

garnissant les assiettes. Malgré les apparences, j'ai les pieds sur terre. Croyez-vous vraiment que je pourrais diriger une maison d'édition si je vivais en dehors de la réalité? Dans ce métier, chaque journée est un véritable combat. Seulement, il y a longtemps que j'ai compris qu'il fallait résister à cette réalité-là si l'on ne voulait pas se laisser étouffer par son poids.

Elle s'essuya les mains sur le T-shirt qu'elle s'était dépêchée d'enfiler en arrivant.

— Je crois que David est en train de se laisser étouffer. Quoi que vous en pensiez, j'estime que je n'ai pas le droit de le laisser lutter seul contre ses dragons personnels. Il lui faut quelqu'un à ses côtés qui lui montre qu'ils ne sont pas aussi terribles qu'il se les imagine et, que ça lui plaise ou non, j'ai décidé que je serai ce quelqu'un!

Elle se tourna vers la psychologue qui mordait à belles dents dans un formidable sandwich qu'elle venait de se confectionner.

— Vous ne dites rien?

— Pas mal, avoua Sylvia entre deux bouchées, sans que l'on puisse deviner si le compliment était destiné au discours d'Angela ou au sandwich qui diminuait à vue d'œil entre ses mains potelées. J'espère que vous serez aussi bonne face à lui que vous venez de l'être devant moi. Mais vous ne mangez pas? Croyez-en ma vieille expérience, ça creuse, de combattre les dragons!

« La vérité sort de la bouche des gourmandes! » songea Angela qui, effectivement, commençait à avoir une petite faim.

— Tante Angela, tu viens nous raconter des histoires? S'il te plaît...

Avec un soupir à fendre l'âme, Angela dit adieu

à son dîner et suivit Liz jusqu'au magnifique feu de camp qui crépitait déjà. Assis en tailleur ou allongés sur l'herbe, tous les enfants l'attendaient avec impatience.

Une fois lancée — et à condition d'avoir un auditoire attentif — Angela pouvait improviser durant des heures, ce qu'elle fit de bonne grâce. Pourtant, elle s'interrompit net au beau milieu d'un conte quand Nick, tout dégoulinant, fit une apparition remarquée parmi l'assistance, un sourire radieux aux lèvres. A la question d'Angela lui demandant où était David, il répondit d'une voix distraite qu'à son avis, le psychologue devait encore être là-bas, au lac.

« Bon, pas d'affolement, se dit Angela tout en faisant signe aux enfants qu'il était l'heure d'aller se coucher. Il a dû revenir au camp sans que je m'en aperçoive. » Alors qu'elle regagnait sa tente, elle croisa Sylvia, sa robe de chambre et ses chaussons à la main, qui se rendait aux douches.

— Vous avez vu David? lui demanda cette dernière.

Il était donc grand temps de s'affoler!

— Non. Justement, j'allais voir dans sa tente. Pourquoi, vous vouliez lui dire quelque chose?

— Simplement lui souhaiter bonne nuit. David est un grand garçon, ajouta-t-elle en voyant l'air inquiet d'Angela. Il n'a pas besoin de permission pour sortir le soir, vous savez.

Angela fit le tour du camp, inspectant chaque tente, avant de rejoindre celle de David. Elle était vide, mais quand la jeune femme baissa les yeux, elle aperçut un plateau repas contenant les restes de son dîner.

Ainsi, il était revenu en cachette manger quelque chose avant de repartir aussitôt nager. L'eau devait être plus froide, à présent et, bien que ce ne fût qu'un petit lac de montagne, Angela savait d'expérience qu'à certains endroits, on n'avait pas pied. En outre, lui-même avait avoué que cela faisait des années qu'il n'avait pas nagé. Et puis c'était une nuit sans lune...

Bref, on avait, réuni là toutes les conditions pour réussir une parfaite noyade et personne ne semblait s'en inquiéter!

Angela s'empara d'une lampe tempête et s'élança sur le sentier qui descendait jusqu'au lac, sanglotant à moitié. Alors qu'elle avait presque atteint son but, elle dérapa dans un passage particulièrement boueux et termina sa course sur les fesses, tout en ayant la présence d'esprit de ne pas lâcher sa lampe.

— David! cria-t-elle. David, où es-tu?

De l'obscurité jaillit alors un gloussement ironique, puis la voix de David s'éleva, toute proche:

— Je suis là. On ne t'a jamais dit que tu étais très belle comme ça? On dirait la statue de la Liberté!

Le monstre! L'ignoble individu! A vous dégoûter de vouloir le sauver! Angela reposa sa lampe tempête avec tant de violence qu'elle s'éteignit sous le choc.

— C'est malin, reprit la voix de David. Pour la Liberté éclairant le monde, c'est fichu! J'ai comme l'impression que ton flambeau éternel vient de s'éteindre.

— Arrête de m'appeler comme ça! s'exclama Angela qui ne savait plus si les pleurs qui lui noyaient les yeux étaient des larmes de rage ou de soulagement. D'abord, ce n'est pas un flambeau, c'est une lampe tempête! Je me doutais bien que tu étais assez fou pour aller nager tout seul et si je l'ai prise avec moi, c'est que je m'attendais à devoir chercher ton cadavre échoué sur la rive.

— Pardonne-moi, Angela, je ne voulais pas t'effrayer, fit David d'une voix humble où perçait l'étonnement. Il ne m'est pas venu à l'idée que tu pourrais t'inquiéter. Je, euh, je ne savais pas que tu tenais tant à moi.

— Et c'est maintenant que tu t'en aperçois!

Les hommes étaient-ils donc tous aussi stupides, ou était-elle tombée sur un chevalier particulièrement obtus?

— Et dire que tu as le culot de m'accuser d'avoir la tête dans les nuages. Ouuuh, j'ai bien envie de te noyer! D'ailleurs, c'est ce que je vais faire, et pas plus tard que tout de suite!

Se redressant avec précaution pour ne pas glisser, Angela se tint en équilibre sur une jambe et ôta ses chaussures avant de retirer son T-shirt.

— Mais qu'est-ce que tu fais? s'exclama David, toujours invisible. Cette histoire de bain de minuit, tout à l'heure, c'était une blague!

Seul le bruit caractéristique produit par une fermeture Éclair lui répondit.

— Angela, reprit-il en commençant à s'éloigner du bord. Voyons, ne fais pas l'imbécile!

Oubliée, la petite leçon qu'il avait cru bon de donner à Nick, tout à l'heure! David sentait son courage l'abandonner à vitesse grand V.

— Attention, j'arrive!

— Angela!

— Des promesses, toujours des promesses, poursuivit la jeune femme, impitoyable. Ah! les hommes, vous êtes bien tous les mêmes

— Je tiens toujours mes promesses! rétorqua-t-il, piqué au vif. Mais il y a des circonstances où je...

A mesure qu'elle se rapprochait, son cœur se mit à faire des bonds dans sa poitrine. David avait déjà suffisamment de mal à maîtriser la situation lorsqu'Angela était tout habillée, mais à présent...

Angela étendit les bras devant elle et s'agrippa à sa taille.

— Sache quand même que je n'ai pas l'habitude de barboter à demi nue dans un lac avec n'importe qui, murmura-t-elle d'un ton moqueur.

— Ah bon? Eh bien, sache que de mon côté, je n'ai pas l'intention de servir de cobaye pour une de tes expér...

Angela, qui l'avait pris par les cheveux, lui plongea la tête sous l'eau avant qu'il ait pu terminer.

Lorsque, toussant et crachant, il refit enfin surface, David émit d'une voix faible :

— Je ne veux pas de votre pitié, miss Newman.

Sans hésiter une seconde, elle se prépara à lui infliger une seconde punition, mais David, méfiant, avait deviné son geste; il lui saisit les poignets pour l'en empêcher.

— Arrête! Tu es folle! Qu'est-ce que tu fais?

— J'essaie de noyer les dragons.

— Je te demande pardon?

82

Elle profita de sa surprise pour se libérer une main et dégrafer son soutien-gorge.

— Cela signifie, homme sans cervelle, qu'il est aussi effrayant de se découvrir amoureuse d'un homme comme toi — cynique, dur, insensible, et j'en passe — que pour toi d'être amoureux d'une femme comme moi. Ai-je été assez claire?

— Que veux-tu que je fasse d'une idéaliste dans ton genre? marmonna-t-il, de plus en plus troublé, tandis qu'elle lui caressait le torse. Tu... tu n'es qu'une fée, un rêve.

— Touche-moi, murmura-t-elle doucement, et tu verras que je suis bien réelle.

«Si seulement elle pouvait dire vrai», soupira David intérieurement.

— Je ne suis pas un chevalier, dit-il d'une voix ferme. Et il ne suffit pas que tu le veuilles pour que j'en devienne un.

Tout en parlant, Angela les avait rapprochés tous deux du rivage.

— Et pourtant tu l'es, en partie du moins, insista-t-elle en se laissant tomber sur la mousse qui tapissait la berge. L'homme qui m'a tenue dans ses bras toute une nuit, celui qui est allé rendre visite à Benjy, celui grâce à qui Nick a pu retrouver confiance en lui... pour moi, cet homme est un véritable chevalier. Bien sûr, je n'ignore pas qu'il existe d'autres aspects de ta personnalité, mais je n'ai pas envie de faire le tri. C'est d'ailleurs peut-être cela qui m'attire tant en toi, ce caractère complexe...

— ... schizophrène? suggéra-t-il.

— Pourquoi pas?

Elle eut un doux rire de gorge et soudain, avec un sourire espiègle, elle se tortilla pour ôter son slip. Si c'était ainsi qu'elle réagissait dorénavant à ses sarcasmes, David était vraiment mal parti! Encore heureux que la nuit soit noire et qu'elle ne puisse le voir, car David se sentit rougir jusqu'aux oreilles. « Ma parole, mais tu as la frousse! » se dit-il alors, partagé entre l'amusement et l'incrédulité.

— David, quand vas-tu te décider à sortir de cette eau glaciale? lança Angela qui grelottait sur la mousse humide. Je suis toute nue, j'ai froid, et... j'attends qu'on vienne me réchauffer. Allons, un peu de courage, chevalier!

Soudain, dans un jaillissement d'écume, David se propulsa hors de l'eau et s'abattit près d'elle, l'entraînant dans sa chute.

— David!

— Chut!

David sentit son corps souple se presser contre lui, sa bouche chercher la sienne et l'embrasser avec passion.

— Angela, dit-il, quelques secondes plus tard, alors que chacun reprenait souffle. Crois-tu au coup de foudre?

— Oui, répondit-elle sans hésiter.

— Moi pas.

Il s'écarta légèrement et ferma les yeux. Seul un fou aurait refusé ce qu'elle lui offrait; malgré tout, c'était ce qu'il s'apprêtait à faire.

— Je ne veux pas, je ne peux pas te mentir, Angela, souffla-t-il, les mâchoires crispées par l'effort que lui coûtaient ces mots. Tu vois, je reste persuadé que je ne suis pas l'homme qu'il te faut. Je suis trop...

— Tu es trop pessimiste, l'interrompit-elle en riant. Mais je crois te l'avoir déjà dit.

Elle se coula près de lui et ses seins lui effleurèrent le torse.

— Les miracles, c'est ma spécialité, ajouta-t-elle d'une voix rauque. Nous avons toute la nuit pour vérifier que je n'ai pas perdu la main.

6

— Bon, d'accord, je t'ai promis de te raconter
mon histoire, mais faut-il que ce soit cette nuit?
chuchotait David alors qu'ils regagnaient le camp
en catimini. Angela, sais-tu ce que ça veut dire :
« non » ?
— Comme disait ma grand-mère : « Ce n'est pas
comme ça qu'on dit oui! » Allez, avance au lieu de
rouspéter.
— Quand je pense que c'est moi qui ai l'esprit
compliqué..., soupira David.
Il cligna des yeux pendant qu'elle se penchait
pour ramasser une chaussette qu'elle venait de
laisser tomber, puis les ferma tout à fait, préfé-
rant ne pas songer à ce qui arriverait si jamais
quelqu'un les surprenait.
A pas de loup, il se faufila derrière Angela dans
la tente et se hâta d'en rabattre les pans avant
d'allumer la lampe à gaz.
— C'est vrai, Angela, reprit-il à voix basse.
Tu aurais pu quand même te rhabiller. Imagine un peu le scandale si jamais on te sur-
prend dans cette tenue, et dans ma tente, en
plus.

— Ça encore, ce n'est rien. Imagine que personne ne nous trouve? roucoula-t-elle en se collant à lui.

Avec un grognement gêné, David se dégagea pour aller chercher une serviette éponge dans son sac. Angela avait catégoriquement refusé de remettre ses habits boueux sous le fallacieux prétexte que les sous-vêtements qu'elle portait étaient de toute façon moins indécents que son bikini et qu'en outre, tout le monde dans le camp devait être couché. « Parlez-moi de la logique féminine », songea David en levant les yeux au ciel.

— Puisque tu as l'intention de bouder, je peux toujours aller demander à Sylvia de me prêter des vêtements secs.

Il la rattrapa in extremis, alors qu'elle s'apprêtait à dénouer les lacets qui maintenaient fermés les pans de la tente.

— Pour qu'on te voie sortir d'ici dans cette tenue? Jamais!

— David, il faudra bien que je sorte un jour, répondit-elle, s'efforçant de le raisonner.

— Angela, j'aime mon travail. Je n'ai pas la moindre envie qu'on me fiche à la porte.

— Dans ce cas, voilà ce que je te propose : on creuse un tunnel jusqu'à ma tente. Ça ne devrait pas prendre plus d'une journée ou deux. Entre temps, il va falloir que tu ailles chercher à manger, parce que je meurs de faim. Je suppose qu'il n'y a rien de comestible, ici?

David sentit que s'il avait le malheur de répondre non, Angela était capable d'ameuter la moitié du camp pour obtenir un sandwich.

— Il doit me rester un morceau de chocolat,

dit-il en rampant par-dessus son duvet pour atteindre son sac à dos.

— Du chocolat? Quelle aubaine!

Elle s'approcha ou, plus exactement, dans cet espace réduit qu'était la tente — individuelle, bien sûr — de David, elle se coucha littéralement sur lui, une mine gourmande.

— Angela, tu le fais exprès?

— Quoi donc? répondit-elle en souriant.

— A force de jouer avec le feu, tu vas finir par te brûler.

— Tu parles! On gèle, ici, dit-elle en se frottant les bras avec insistance pour se réchauffer. Ça t'ennuie si je t'emprunte ton sac de couchage?

Sans attendre la réponse, elle se glissa à l'intérieur du duvet.

— Mais toi, reprit-elle, comment fais-tu pour ne jamais avoir froid?

Et c'était à lui qu'elle posait la question, lui qui transpirait déjà à grosses gouttes!

— Viens, dit-elle en se tortillant pour lui faire de la place. Mais d'abord, déshabille-toi, tu es trempé. Je peux même fermer les yeux et compter jusqu'à vingt, si tu es timide.

A dix, il l'avait rejointe.

— Je sens que je suis en train de faire une grosse bêtise, murmura-t-il.

Soudain, Angela se mit à remuer en tous sens comme si un insecte l'avait piquée. Prêt à lui poser la question, David se rendit compte que, pour la deuxième fois de la soirée, elle venait d'ôter son soutien-gorge et son slip.

— Angela..., gémit-il en sentant la douce chaleur d'un sein contre son bras. Pitié! J'ai beau avoir un pied en plastique, je peux te jurer que le

88

reste de mon corps est tout ce qu'il y a de plus vivant.

— Figure-toi que je m'en étais déjà aperçue, l'interrompit-elle avec malice. Mais je croyais que tu voulais me raconter l'histoire de ta vie?

— Ah, pardon! C'est toi qui as insisté. Moi, je voulais dormir.

— Bon, très bien. Dans ce cas, bonne nuit.

Elle bâilla ostensiblement, ferma les yeux, puis elle se blottit contre lui.

— Angela?

— Mmm?

— Euh, j'ai changé d'avis. Je n'ai plus envie de dormir.

— D'accord. Tu fais semblant de parler, et moi, je fais semblant de dormir, OK?

— Je n'ai pas envie de parler.

— Quelle coïncidence! Moi non plus, murmura-t-elle en l'enlaçant. Cela dit, ne crois-tu pas qu'il vaudrait mieux que tu vides ton sac et qu'on en finisse avant de passer aux choses, disons, plus frivoles?

— Par quoi veux-tu que je commence?

— Par le début, voyons! Non, sérieusement, je voudrais savoir comment t'est arrivé cet accident; quand et aussi pourquoi Sylvia a l'air de penser que tu ne t'en ai jamais vraiment remis.

— Rien que ça?

Curieusement, le passé devenait moins pénible lorsqu'il la tenait dans ses bras.

— Nous étions déjà fiancés quand j'ai appris que j'avais un cancer des os. J'ai dû être hospitalisé alors que nous étions en pleins préparatifs de mariage. Elle, elle était très belle, bien sûr, une princesse fragile, tandis que moi, à l'époque, je pouvais encore me permettre d'être son chevalier. Et puis, en l'espace de quelque jours, tout a basculé.

Sans même s'en rendre compte, David replia la jambe droite comme s'il voulait dissimuler son infirmité.

— J'ai perdu mon pied, reprit-il d'une voix détachée, presque rêveuse. Puis un morceau de tibia, la plupart de mes amis, et finalement, elle. Il s'en est fallu d'un cheveu que j'en perde également la raison. J'ai mis un an, oui, un an, avant de refaire surface. Il y a encore des gens comme Sylvia qui prétendent que je ne suis pas tout à fait rétabli.

— C'est ce soir le moment ou jamais de lui prouver qu'elle a tort, déclara Angela, qui explora doucement du bout de l'orteil le membre mutilé. Je ne suis pas de celles qui s'évanouissent devant un bobo. Il y a simplement que j'ai toujours préféré voir le bon côté des choses. Et puis, de toute façon, je ne suis pas comme elle, moi. Je t'...

Elle s'interrompit brutalement et demeura bouche bée, comme si elle avait été sur le point de proférer quelque énormité. Et pourtant oui, elle l'aimait, lui, le cynique, l'insensible, le railleur. Mais comment l'en convaincre quand toute la tendresse, l'immense besoin d'affection qu'il dissimulait en lui étaient sauvagement réprimés à la moindre occasion?

— Tu quoi?

Flairant le danger, Angela s'en tira par une pirouette.

— Je, euh, je disais que les paroles, c'est bien beau, mais je préfère l'action.

Elle se lova contre lui et se mit à lui mordiller le lobe de l'oreille afin de dissiper tout équivoque. L'heure n'étant manifestement pas aux grandes déclarations, Angela résolut de lui montrer que l'amour qu'elle éprouvait pour lui n'avait rien de platonique.

— Angela, si c'est comme ça que tu espères me soigner, je t'assure que je n'ai pas besoin de ce genre de thérapie, dit-il d'une voix tendue. Je te le répète, je ne veux pas de ta pitié.

— Ça tombe bien, je ne veux pas de la tienne non plus.

— Le baiser qui transforme la grenouille en prince Charmant, crois-moi, ça ne marche pas.

— Je n'ai jamais dit que je voulais embrasser une grenouille. Quelle horreur! s'exclama-t-elle en fronçant le nez pour exprimer son dégoût. Par ailleurs, je te signale que les princes Charmants ne m'intéressent pas. Moi, ce que je veux, c'est un beau chevalier tout bardé de fer, qui saura me protéger, et je l'ai trouvé.

— Arrête tes bêtises, Angela, coupa David, qui sentait ses facultés de raisonnement fondre à vue d'œil sous les caresses que lui prodiguait la jeune femme. Le seul morceau de ferraille que j'ai à t'offrir gît là-bas, avec mes chaussettes et mes chaussures. Ne compte pas sur moi pour terrasser je ne sais quel dragon.

Presque à contrecœur, il s'interrompit pour embrasser les doigts qui lui effleuraient la bouche.

— Mon ex-fiancée me voyait elle aussi comme une sorte de superman. Mais je n'étais pas à la hauteur, et je ne suis pas près de recommencer l'expérience, même avec toi.

Revivre un tel cauchemar était au-dessus de ses forces. David préférait encore s'interdire à jamais tout espoir plutôt que de risquer un nouvel échec.

— Pas besoin d'être un psychologue averti pour voir que ça ne marchera jamais entre nous.

Mais Angela était incapable de rien voir. Le visage enfoui au creux de son épaule, elle murmurait des paroles rassurantes contre sa peau, le chatouillant de ses lèvres humides.

David ferma les yeux, bien décidé à faire cesser ces gamineries... dès qu'il aurait récupéré l'usage de la parole!

— Angela, croassa-t-il enfin d'une voix faible. Je parie que tu n'as pas écouté un traître mot de ce que je viens de te dire.

— Exact. Ce que tu viens de dire ne mérite pas qu'on l'écoute. Tandis que moi — tu ne t'en rends peut-être pas compte — je suis en train de te dire des choses autrement intéressantes.

— Mmmm?

Elle appliqua sa bouche sur la tempe frémissante de David et sentit le pouls palpiter sous ses lèvres.

— Pour employer ton jargon médical, je m'efforce d'établir une relation inter-personnelle satisfaisante par l'intermédiaire d'un langage corporel adéquat. Malheureusement, tu n'es pas très coopératif.

— Je t'en prie, cesse de faire le clown.

— C'est pour mieux te séduire, mon enfant.

Ses lèvres s'arrondirent en un « o » de surprise et de plaisir mêlés lorsqu'il se mit tout à coup à lui caresser le flanc du bout des doigts, remontant avec une lenteur exaspérante jusqu'au sein. Après

92

les mois de chasteté physique et morale dont la pauvre Liz avait été, bien involontairement, la responsable, Angela se sentait tout étourdie, ivre d'un désir presque trop fort pour elle. L'étreignant avec force, elle plongea son regard dans ses yeux si clairs avec l'espoir d'y découvrir une ardeur égale à la sienne.

— David? David, où es-tu? murmura-t-elle enfin, le front ridé par la curiosité.

L'homme qui la dévisageait avec une insistance pathétique n'était plus celui avec lequel elle s'était bagarrée quelques jours auparavant, ni même celui qu'elle tentait de séduire avec plus ou moins de bonheur depuis plusieurs minutes. Il était... transfiguré. L'expression de son visage autant que la ferveur de ses caresses étaient suffisamment éloquentes pour qu'Angela n'ait plus le moindre doute. L'étincelle qui s'était allumée lors de leur première rencontre prenait aujourd'hui des allures d'incendie.

— Angela, chuchota David d'une voix entrecoupée. J'aime autant te prévenir tout de suite que si tu cherches les belles amours chastes et pures, baisers sur le front et serrements de mains furtifs, tu t'es...

— Tais-toi, idiot, l'interrompit-elle avec tendresse. Si c'était cela que je voulais, je n'aurais qu'à ouvrir l'un de mes propres livres.

Tout en parlant, elle faisait courir sa main sur son torse et la glissa jusqu'au nombril, lui arrachant un gémissement étranglé.

D'un geste vif, David saisit le poignet de la jeune femme et la força à descendre plus bas avant de la lâcher.

Le corps arc-bouté, les yeux clos, Angela goûtait

silencieusement l'âcre saveur des gouttes de sueur qui s'étoilaient sur ses paupières, sur ses lèvres.

— Non! le supplia-t-elle quand les mains larges et fortes de David abandonnèrent ses seins.

Mais c'était pour se poser sur ses cuisses et les caresser lentement, remontant vers l'intérieur, toujours plus haut. Haletante, Angela était sur le point de crier lorsqu'une main s'abattit sur sa bouche, et elle sentit alors le corps de David se raidir. A demi folle de désir, elle rouvrit les yeux et l'implora du regard de ne pas s'arrêter. Mais David ne la voyait plus, ne l'entendait plus.

— David? David, tu es là?

La voix de Sylvia leur parvint, étouffée, mais on ne pouvait se méprendre sur le caractère d'urgence contenu dans ses paroles.

— David, j'ai besoin de toi. Je cherche Angela Newman. Sais-tu où elle est?

— Angela?

David secoua la tête comme s'il s'éveillait d'un profond sommeil.

— Pourquoi faire? Que se passe-t-il?

— C'est à cause de Liz, répondit Sylvia d'un ton bref.

Elle s'interrompit pour donner une série d'instructions rapides à un interlocuteur invisible.

— J'ai l'impression qu'elle supporte mal son traitement, reprit-elle, et il va falloir la ramener au camp.

A l'intérieur de la tente, on eût dit que la température avait chuté brutalement. L'atmosphère était devenue glaciale.

— Compris, aboya David. Je vais essayer de trouver Angela. As-tu prévenu l'hôpital qu'on arrivait?

94

— C'est déjà fait. Il nous envoie deux moniteurs qui se chargeront de ramener les enfants demain matin, comme prévu. Je me suis dit que tu voudrais peut-être redescendre avec Liz et Angela.

Son attitude envers la jeune femme était-elle donc à ce point transparente pour que Sylvia jugeât tout naturel de prévoir son remplacement? David n'avait pas le temps de réfléchir à la question. Il fallait s'habiller en vitesse et s'assurer qu'Angela serait prête à partir quand arriverait la Jeep. Angela. Se tournant vers elle, il vit qu'elle s'était recroquevillée dans le duvet. Les yeux écarquillés, elle était incapable de prononcer un mot.

Paralysée par la terreur et par l'angoisse, elle fut bientôt submergée par une vague de culpabilité si forte qu'elle en eut la nausée. Quel démon avait bien pu s'emparer d'elle pour qu'elle en oublie la présence de Liz? La petite fille avait dû sans aucun doute réclamer sa tante et on l'avait cherchée partout sans la trouver, bien sûr. S'il arrivait quelque chose à sa nièce, jamais Angela ne pourrait se le pardonner.

— Allez, Angela, réveille-toi, dit David en la secouant gentiment par l'épaule. Je sais ce que tu éprouves mais, crois-moi, ça ne sert à rien.

Elle tourna vers lui un visage désespéré.

— Moi-même, j'ai mis du temps à l'accepter, mais j'ai fini par admettre qu'on ne peut rien changer au destin des gens comme Liz, quel que soit le nombre de nuits blanches que l'on passe à leur chevet. Il est vain de vouloir modifier le cours des choses. Et maintenant, dépêche-toi de t'habiller.

Ces derniers mots achevèrent de la tirer de sa torpeur. Angela se redressa d'un bloc et se mit à chercher ses affaires à tâtons, renversant la lampe dans sa hâte.

— Eh, doucement! fit David qui finissait déjà d'enfiler ses chaussures. Bon, tu es prête?

— Oui. Non! Euh, il faut que j'aille dans ma tente chercher des vêtements de rechange. Ceux-ci sont trempés.

— Je te retrouve dehors. Je t'en prie, fais vite. Ils vont être là d'un instant à l'autre.

Il se rua hors de la tente sans un regard en arrière.

Combien de temps faut-il pour s'habiller dans l'obscurité? Trop longtemps, hélas, ainsi que put s'en apercevoir Angela tandis que les secondes s'égrenaient dans sa tête : ...quatre cent vingt, quatre cent vingt et un, quatre cent vingt-deux... Elle ne tarda pas à s'embrouiller dans ses comptes et finit par abandonner tout à fait quand elle comprit que cela la retardait davantage. Lorsqu'elle émergea enfin de sa tente, pieds nus, les chaussures à la main, le chemisier boutonné de travers, le visage d'une pâleur crayeuse, on aurait dit une folle.

— Alors, princesse, comment te sens-tu? murmura-t-elle en s'agenouillant près de Liz, tandis que deux infirmières s'affairaient autour de la fillette.

— J'ai la tête qui tourne, j'ai chaud, je n'arrive pas à respirer.

Elle s'empara de la main d'Angela, refusant de la lâcher même lorsqu'on la souleva pour l'installer à l'arrière de la Jeep qui venait d'arriver.

— Je ne bougerai pas, gronda la jeune femme

sur un ton menaçant en voyant le conducteur s'approcher pour la prier de descendre.

— Désolé, madame, mais le règlement...

— On s'en passera, pour une fois, intervint David qui se laissa tomber à côté d'elle. Ne vous inquiétez pas, j'en prends la responsabilité.

Angela, qui s'apprêtait à le remercier, leva la tête et vit alors son regard. Un regard froid, indéchiffrable, sans la moindre trace de chaleur. Elle eut soudain le terrible pressentiment que si jamais il ouvrait la bouche, ce serait pour lui délivrer un de ces petits discours pleins d'une compassion factice dont on l'avait abreuvée durant des mois pour lui expliquer qu'il n'y avait plus d'espoir. S'il la laissait accompagner Liz, ce n'était pas par pure bonté d'âme! Il y voyait sans doute un bon moyen pour la convaincre que le destin ne peut être vaincu; il leur accordait à toutes deux — comme il l'aurait fait à n'importe qui — le privilège de se dire adieu. Les larmes aux yeux, Angela détourna violemment la tête et se pencha sur Liz qui lui adressa un pauvre sourire. Mon Dieu! Comment pouvait-elle aimer un être aussi méprisable, un homme qui refusait obstinément de croire aux chances de guérison de sa petite nièce?

Dans un hurlement de freins, la Jeep s'arrêta devant la clinique d'où jaillirent aussitôt deux brancardiers qui transportèrent la fillette à l'intérieur. Angela les suivit et attendit de connaître le numéro de la chambre de Liz avant de repartir en courant jusqu'à la salle de dessin. L'idée lui était venue tout à l'heure, durant le trajet et, puisque l'on ne pouvait compter sur David, il ne lui restait plus qu'à se débrouiller toute seule.

A son retour, David se tenait sur le seuil prêt à partir.

— Angela! Sam vient de passer. Mais... qu'est-ce que tu fais avec ça? s'exclama-t-il en voyant la pile de papier cartonné, les tubes de gouache et les pinceaux qu'elle avait rapportés de la salle de dessin. Je croyais que tu étais allée dormir.

— Dormir? Alors que Liz est ici?

Elle déposa maladroitement les fournitures sur l'unique table que Liz partageait avec le seul autre occupant de la chambre : Benjy. Les deux enfants dormaient à poings fermés.

— Tu te souviens de l'ange gardien que j'avais dessiné pour Benjy? Cela m'a donné des idées.

— Tu ferais mieux d'aller te coucher, lui conseilla David d'une voix lasse. Les médecins ont fait tout ce qu'ils ont pu pour elle. Il ne se passera rien avant demain matin.

— Je sais, répondit-elle tranquillement en préparant ses feuilles sur la table. Je suis venue prendre la relève.

— Angela, tu ne peux pas passer la nuit dans cette chambre.

Comment faire comprendre à cette tête de mule qu'on ne combattait pas le cancer à coups d'anges gardiens en papier? Partagé entre le désir de l'aider à accepter la mort probable de sa nièce, et la peur de provoquer une nouvelle explosion de colère, David décida de biaiser.

— Tu vas réveiller Benjy si tu restes ici.

— C'est faux, et tu le sais, répliqua Angela qui traçait déjà à grands traits la silhouette d'un ange sur la première feuille de la pile. Primo, je ne fais pas de bruit quand je travaille; secundo, tu sais aussi bien que moi que Benjy préfère dormir avec toutes les lumières allumées; tertio, on les a mis tous les deux ensemble pour que les infirmières puissent justement venir toutes les heures jeter un coup d'œil sans réveiller les autres patients. De toute façon, inutile de discuter : je ne bougerai pas d'ici.

David la considéra longuement puis, sans un mot, il fit demi-tour et quitta la chambre.

7

— MADAME! Madame! Attention, vous allez écraser mon chiot!

Les bras chargés de paquets, Angela se figea, un pied en l'air.

— Vous voyez? reprit la petite voix. Il est juste sous votre chaussure. Si vous bougez, vous lui marchez sur la tête.

En équilibre sur une jambe, Angela se mit à sautiller sur place en s'efforçant de ne pas lâcher les rouleaux de papier cartonné qui l'empêchaient de voir.

— Écoute, petit. Je suis coincée. Tu ne peux pas aller le chercher?

Angela avait passé une nuit à peindre une ribambelle d'anges gardiens. Elle n'avait rien mangé et n'avait même pas eu le temps de prendre son café. Elle ne s'était accordé que quelques heures de répit pour aller chercher à la ville les fournitures qui lui manquaient. Le moment était on ne peut plus mal choisi pour jouer à la marelle sur un bord de trottoir alors qu'il lui était déjà difficile de mettre un pied devant l'autre sans se casser la figure.

— Alors, tu l'as?

Une petite tête blonde surgit soudain de dessous les rouleaux.

— Ne vous inquiétez pas, madame. Je vais le prendre. Ne bougez surtout pas.

Plus facile à dire qu'à faire! Angela tituba maladroitement tandis qu'elle sentait une boule de poils lui grimper sur la chaussure et lui mordiller la cheville. Par miracle, elle parvint malgré tout à conserver son équilibre. Pas pour longtemps, hélas! Alors qu'il plongeait sur l'animal, son jeune propriétaire émit soudain une série de sifflements aigus destinés sans doute à rassurer le chiot, mais dont l'unique résultat fut d'attirer hors de sa caisse le reste de la portée.

— Aïe, aïe, aïe, gémit Angela qui se lança dans une curieuse imitation de la gigue écossaise pour éviter d'écraser bêtes et gens, avant d'atterrir lourdement sur les fesses, au beau milieu du trottoir.

— Mademoiselle! Vous ne vous êtes pas fait mal, j'espère?

Tout en l'aidant à se relever, le propriétaire de la librairie-papeterie où Angela venait d'effectuer ses achats fronçait les sourcils en direction du blondinet qui se tenait légèrement en retrait, l'air catastrophé.

— Je parie que ce sale gamin vous a fait tomber!

La colère d'Angela retomba aussi vite qu'elle était apparue lorsqu'elle vit les regards suppliants que lui jetait l'enfant.

— Qui? Lui? demanda-t-elle en jouant l'étonnement. Pas du tout! Au contraire, il se proposait gentiment de ramasser mes affaires quand vous êtes arrivé. Non, je suis tombée toute seule.

— Dans ce cas... Voulez-vous que je vous raccompagne jusqu'à votre voiture? s'enquit le commerçant, qui voyait avec soulagement s'éloigner le spectre des procès futurs qu'aurait pu lui valoir cet incident.

— Laissez, je m'en charge, intervint le petit garçon sans se démonter.

Après s'être rassuré que le libraire avait disparu dans sa boutique, il ajouta :

— Merci, madame. J'aurais été dans le pétrin si vous lui aviez raconté que c'était à cause de mes chiots que vous êtes tombée. Au fait, ça vous dirait de m'en prendre un?

— Tu plaisantes?

— Pas du tout. Mon papa, il a dit que je devais me débrouiller pour les caser tous aujourd'hui, sinon, c'est lui qui s'en occuperait... Vous voyez ce que je veux dire?

Angela, qui s'était mise à quatre pattes pour ramasser le contenu de ses paquets éparpillé sur le trottoir, releva brusquement la tête et considéra l'enfant avec effarement.

— Tu crois qu'il va les... enfin, les...?

— Ouais, répondit l'enfant d'un air lugubre. Mais chut! Faut pas le dire devant eux, ajouta-t-il en désignant du pouce les chiots qui se bousculaient dans leur boîte en carton. Ils ne le savent pas encore.

— Tu en es sûr?

— Sûr et certain.

« N'insiste plus, petite fripouille. Tu as gagné », soupira intérieurement Angela en s'agenouillant à côté de la caisse.

— De quelle race sont-ils?

— Je n'en sais rien, fit le gamin avec un haussement d'épaules. Papa dit que leur mère était du genre facile, et leur père, pas difficile. Moi, je ne vois pas où est la différence.

Il se baissa pour en prendre un dans ses bras et enfouit son visage dans une petite fourrure brune.

— Hum, fit Angela. Et combien demandes-tu pour un seul de ces quatre monstres?

— Un dollar cinquante? risqua le gamin. Pour le prix, je suis même prêt à vous aider à porter vos paquets.

Joignant le geste à la parole, il se mit aussitôt à ramasser les tubes de peinture et à les ranger dans leur boîte comme si l'affaire était entendue.

— En vérité, je n'y gagne rien, dans l'histoire, reprit-il. Vous avez vu ce libraire... C'est une vraie peau de vache. Pour avoir le droit de m'installer devant son magasin, je suis obligé de lui acheter des trucs. Justement, il vend des glaces pas cher, cinquante cents le cornet... Comme c'est parti, il va bien me falloir deux heures et six glaces pour résussir à les vendre tous. C'est malheureux, mais tous les gens à qui je demande ont déjà un chien. Vous en avez un, vous?

— Maintenant, oui, grimaça Angela en s'emparant de son porte-monnaie. En, ce n'est pas pour moi, mais pour ma nièce qui est à l'hôpital. J'espère que ça lui remontera le moral et que ça lui donnera l'envie de guérir. Néanmoins, je me demande comment le personnel de l'hôpital va accueillir la chose.

« Tu parles! David va sauter au plafond quand il

me verra arriver avec ça dans les bras », songeait-elle en son for intérieur.

— Si tu pouvais m'en choisir un bien gentil, bien sage...

— Ça va être coton, répondit l'enfant en se grattant la tête. Je ne peux pas dire qu'il y ait un qui soit plus sage que les autres. J'en ai un petit : peut-être qu'il fera moins de bruit. Mais puisque vous ne voulez en prendre qu'un, je vous conseille celui-là, c'est le plus mignon. Ou alors, celui-ci, mon préféré : c'est le plus moche. Ouais, je crois que ça vaut mieux, parce que sinon, personne ne le prendra. Remarquez, il y a encore celui qui adore boulotter les chaussures. Il ne risque pas non plus d'aller bien loin. Mais bon, après tout, je préfère vous laisser choisir. Je n'ai pas envie d'avoir la responsabilité de la, euh... de la « disparition » des trois autres sur la conscience.

Angela admira en silence l'habileté avec laquelle le petit était en train de l'embobiner. Avec un sourire mi-figure, mi-raisin, elle tira six billets d'un dollar de son porte-monnaie et les lui tendit.

— Vous les prenez tous? C'est vrai?

— Tous, soupira-t-elle. Quitte à prendre un savon, autant que ça en vaille la peine.

— Alors là, vous êtes chouette.

— Dommage que tout le monde ne pense pas comme toi. Viens, tu vas m'aider à les placer dans ma voiture.

— A vos ordres, chef!

« Il n'y a que moi pour me fourrer dans des situations pareilles », songea Angela pendant que l'enfant installait la caisse sur la banquette arrière.

— C'est fait! s'écria le gamin, le visage rayonnant de satisfaction. Vous avez besoin d'autre chose?

— Non. Ah, si! Quand tu verras ton papa, dis-lui qu'à l'avenir, il ferait bien d'éviter les rencontres entre femelles faciles et mâles pas difficiles. Tu n'es pas près de retrouver des masochistes dans mon genre. Telle que tu me vois, je suis probablement la dernière représentante d'une espèce en voie d'extinction.

Après avoir dit adieu au petit bonhomme, Angela se laissa choir derrière son volant et, durant plusieurs minutes, elle se tortura les méninges pour tenter de trouver un moyen d'annoncer avec ménagement la nouvelle à David.

— Bon, tu ne vas pas rester plantée là toute la journée, se dit-elle enfin. Quand faut y aller, faut y aller.

Angela mit le contact, mais le moteur refusa de démarrer. Elle renouvela donc l'opération, déclenchant derechef un concert de couinements insupportables qui achevèrent de lui mettre les nerfs à vif.

— Oh! non! Pas aujourd'hui! gémit-elle en appuyant furieusement sur l'accélérateur, sans le moindre résultat.

Un malheur ne venant jamais seul, la première personne sur laquelle elle tomba lorsqu'elle téléphona au camp pour demander de l'aide fut, bien évidemment, David. L'écouteur à dix centimètres de l'oreille, elle attendit patiemment que l'orage se calme tandis qu'à l'autre bout du fil, on vitupérait contre les conductrices assez stupides pour se fier à des marques étrangères, contre les idiotes qui ne vérifiaient pas l'état de leur véhicule, contre les inconscientes, enfin, qui prenaient la route après une nuit blanche. Malgré tout, il lui promit d'envoyer quelqu'un la chercher, dès qu'il eut raccroché, Angela retourna à la voiture; elle fut aussitôt assaillie par les quatre adorables petits monstres responsables de ses ennuis. Il ne lui restait plus qu'à prendre son mal en patience et attendre l'arrivée des secours.

Cela faisait trois heures qu'elle attendait dans cette station-service où un garagiste compatissant avait finalement accepté de la remorquer!

— Mais qu'est-ce qu'ils fabriquent? maugréa Angela qui faisait les cent pas devant les pompes à essence.

Son attention fut attirée par le motard tout de noir vêtu qui ralentissait pour s'arrêter à quelques mètres d'elle, puis elle détourna la tête et haussa les épaules. Une moto, peuh! Pourquoi pas un cheval?

— J'espère que tu es consciente de ce que le sauvetage de demoiselles en détresse n'entre pas dans mes attributions, annonça une voix désagréablement familière.

Angela sursauta et pivota sur elle-même tandis que David, le casque à la main, la fixait de ses yeux las.

— Tu n'étais pas obligé de te déplacer personnellement, riposta-t-elle, le premier instant de frayeur passé. J'ai juste demandé que quelqu'un me ramène. Ils manquent de pièces détachées, ici, et ma voiture ne sera pas prête avant plusieurs jours. Il paraît que c'est le démarreur. Ou le delco, je ne sais plus très bien.

— Tu ne sais plus très bien..., répéta David sur

le mode ironique. Bon, ne perdons pas de temps. Monte.

— Quoi? Là-dessus? Jamais!

Outre qu'elle s'estimait trop jeune encore pour mourir, Angela se voyait mal transporter quatre chiots sur cet engin de malheur.

— Comment ça, jamais? Tu n'as pas à avoir peur. Le camp n'est pas très loin et, depuis que j'ai perdu mon pied, je suis devenu encore plus prudent. Tiens, je t'ai même apporté un casque.

David se pencha en arrière pour s'emparer d'un sac en plastique fixé sur le porte-bagages, en extrayant avec effort l'objet promis.

— Tu peux le garder, se hâta de le prévenir la jeune femme en agitant la main devant elle. Euh, désolée de t'avoir dérangé. Je vais prendre un taxi, ou un car, s'il y en a. A la limite, je préfère encore marcher plutôt que de monter sur ce... cette chose!

— Cette chose, comme tu le dis si bien, c'est une Kawasaki 750, et elle dépasse rarement le cent vingt, sauf si je le lui demande. Tu es rassurée?

— Pas vraiment

— Écoute, Angela, je ne suis pas d'humeur à discuter, aujourd'hui. Tu ne trouveras pas de taxi ou de car pour te ramener au camp, et l'agence de location de voitures la plus proche se trouve à cinquante kilomètres d'ici. Quant à faire de l'auto-stop, inutile d'y songer : je te l'interdis formellement, et... Mais qu'est-ce que c'est que ces piaillements? On dirait que ça vient de ta voiture.

David retira son casque et s'approcha, l'air intrigué.

— C'est peut-être le delco?

— Tu plaisantes?

— Oui, soupira-t-elle avec un sourire penaud. Euh, je crois que ce sont des chiots.

— Ah, fit-il simplement. J'ai cru un instant que tu allais me répondre qu'il s'agissait d'un enfant abandonné que tu avais trouvé dans un chou. Un chiot, j'aime mieux ça, parce que tu t'imagines ce que... Un chiot?

— Disons plutôt quatre chiots, rectifia bravement Angela en ouvrant la portière arrière pour se saisir de la caisse. Mais ce ne sont pas vraiment les miens. J'ai l'intention de les offrir à Liz et à Benjy, ainsi qu'aux autres enfants de la clinique. A tout prendre, ils sont plus à toi qu'à moi, puisque je les mets à la disposition de la colonie. Maintenant, il ne nous reste plus qu'à trouver un moyen de les ram...

— Pas question! Non, non et non! C'est toi qui les as trouvés, alors à toi de les ramener... à leur véritable propriétaire. S'ils en ont un!

— Jamais! s'écria Angela en se cramponnant au carton avec l'énergie du désespoir. Le petit m'a clairement fait comprendre que si je les lui laissais, ces pauvres bêtes finiraient au fond d'une mare dans un sac rempli de pierres.

— Quel petit?

— Celui qui me les a vendus.

— Et tu l'as cru? ricana-t-il. Moi, il aurait fallu qu'on me paye pour les prendre, et encore?

— Ça ne m'étonne pas de toi. Heureusement qu'il existe des gens comme moi qui ont encore un peu de cœur, un peu de compassion...

Sur ce, Angela tourna les talons et fit mine de partir.

— Moi aussi, j'en ai! cria-t-il, piqué au vif, en

s'élançant à sa poursuite. Mais on ne va tout de même pas se mettre à sauver tous les chiots promis à un avenir très bref!

— Il y a un début à tout, rétorqua Angela d'un air buté.

— En tout cas, pas question que tu les ramènes au camp. Les animaux familiers sont interdits de séjour, là-bas. Le personnel a déjà suffisamment de travail comme ça.

— Je m'en occuperai toute seule.

— Angela, tu es sourde? Pas d'animaux dans le camp.

— Et les chevaux, ce ne sont pas des animaux, peut-être? riposta-t-elle en repoussant gentiment un petit museau qui pointait hors de la caisse.

— Là n'est pas la question. Les chevaux font partie du programme d'activités.

— Pourquoi pas les chiens? Je parie que les enfants seraient fous de joie.

— Sans doute, mais j'en connais d'autres qui verraient leur présence d'un sale œil : je parle du conseil d'administration de la *Casa de los Niños*.

— Il doit bien y avoir un moyen de les faire changer d'avis... dit Angela d'une voix rêveuse.

— Crois-moi, la coupa précipitamment David qui voyait déjà où elle voulait en venir, tu auras plus vite fait de convaincre ces vieux bonzes de te fournir un sac et des pierres, et même une mare par-dessus le marché!

Regardant autour de lui, il s'aperçut qu'ils s'éloignaient du centre ville.

— Où allons-nous?

— Chercher de la nourriture pour ces petites bêtes.

Ayant repéré un magasin d'alimentation, Angela traversa la rue, toujours suivie comme son ombre par David, et elle posa la caisse sur le trottoir.

— Tu ferais bien de leur acheter des somnifères, par la même occasion, marmonna le psychologue qui, de la pointe de sa botte, s'efforçait d'empêcher les chiots de s'échapper. Je vois mal comment tu réussiras à les introduire dans le camp, autrement.

— Seigneur! Quel rabat-joie tu fais! Si tu avais un peu de cœur, tu serais déjà en train de m'aider au lieu d'essayer de me prouver par a plus b que je n'y arriverai jamais.

Elle se baissa brusquement et lui fourra d'autorité la caisse entre les mains.

— Tu es réquisitionné jusqu'à mon retour. De grâce, tâche de ne pas leur faire de mal.

— Leur faire du mal? bougonna-t-il, vexé, tandis qu'elle disparaissait à l'intérieur du magasin. Pour qui se prend-elle? Je n'ai rien contre les chiens, poursuivit-il, prenant à témoin un passant qui le regardait avec des yeux ronds. Mais je ne vois pas l'intérêt d'offrir à ces enfants des corniauds couverts de puces. Remarquez, je ne nie pas que ses intentions soient bonnes, mais elle serait cruellement déçue du résultat, c'est moi qui vous le dis.

— Alors, on parle tout seul? fit, narquoise, la voix d'Angela derrière son dos.

Redescendant sur terre, David s'aperçut que le badaud avait disparu. Sans doute l'avait-il pris pour un fou.

— Mais... il en manque un! s'exclama soudain la jeune femme.

— Comment, il en manque un? Je viens à peine de poser la caisse.

— Bravo! On peut te faire confiance, grinça Angela en s'élançant derrière le fugitif qui trottinait déjà sur la chaussée. Je me demande comment on peut oser exercer ton métier et ne pas être fichu de surveiller correctement quatre malheureux chiots.

— Je voudrais t'y voir! Attention, en voilà encore un qui s'échappe.

Plongeant pour rattraper le fuyard, Angela termina sa course le nez contre les genoux de David, un chiot dans chaque main. Elle leva alors la tête, lui adressa un regard suppliant et déclara d'une voix de petite fille:

— Je vous en conjure, noble sire, ayez pitié d'une pauvre demoiselle en détresse.

— Bon, bon, d'accord, grommela David d'un ton bourru. J'espère au moins que tu as un plan sérieux pour réussir à passer ces quatre vauriens en fraude. C'est que je risque ma place, moi!

Angela lui adressa son plus charmant sourire avant de se remettre prestement sur pieds. Et on voulait lui faire croire que les miracles n'existaient pas?

— Sache que le P-DG d'une maison d'édition n'est jamais à court d'idées, bien que je reconnaisse qu'elles sont parfois assez osées.

— Et comment arrives-tu à les faire avaler à ton conseil d'administration?

— C'est simple, répondit-elle en riant, tandis qu'ils allaient s'asseoir sur un petit carré d'herbe, à côté du magasin. Je leur ai promis de démissionner dès que Tom, le mari de ma sœur, aurait terminé son temps de service. Je n'ai jamais demandé à être présidente. Mais Janet et moi voulions à tout prix garder le contrôle de l'entreprise. Ma sœur a un sens des affaires très développé.

— Pas toi? s'enquit David qui regardait d'un œil attendri les chiots se précipiter sur la nourriture.

— Sans vouloir me vanter, je crois que je fais un très bon P-DG. Contrairement aux rumeurs que d'aucuns persistent à répandre autour de moi, je possède malgré tout un certain sens des réalités. Mais ce n'est pas ça qui m'intéresse. Je pense que je serai plus utile comme auteur et comme illustratrice. Avec un peu de chance, dans quelques mois, j'en aurai fini avec les horaires de bureau et je pourrai enfin me consacrer pleinement à ce qui me tient à cœur et que tu appelles des fantasmes. Qui sait, ajouta-t-elle après un instant d'hésitation, peut-être trouverai-je quelqu'un qui les partage avec moi...

Tout en prenant soin d'éviter son regard, David se baissa pour ramasser un des chiots qui, rassasié, semblait avoir élu domicile sur sa botte afin d'y effectuer une petite sieste.

— Désolé, coco, je sais que ce n'est pas très confortable, dit-il en fourrant l'animal ainsi qu'un autre de ses compagnons dans la poche intérieure de son blouson de cuir.

— David? fit timidement Angela qui sentait le psychologue lui échapper une fois de plus.

— Il va falloir y aller, répondit-il, coupant court aux interrogations muettes qu'il pouvait lire sur le visage de la jeune femme. J'ai promis à Liz de te ramener dès que possible. Je crois qu'ils ont l'intention de louer tes services pour le bal costumé qui aura lieu demain soir.

Tandis qu'ils regagnaient la station-service, Angela en profita pour glisser les deux derniers chiots sous son sweat-shirt.

— Tu devrais essayer de les déguiser en agents de la fourrière. On a déjà quatre accessoires très réalistes et prêts à l'emploi!

— Eh, mais ce n'est pas une mauvaise idée! Tu sais, David, je trouve que le fait qu'ils soient capables de penser à leurs costumes est plutôt bon signe. Cela doit signifier que leur nouveau traitement commence à faire de l'effet. Tu n'es pas de mon avis?

David ne répondit rien. Peut-être aurait-il dû l'avertir que les cancéreux connaissent souvent une période de rémission, avant la fin; peut-être aurait-il dû lui avouer que la conversation des deux enfants s'était réduite à des chuchotements épuisés qui faisaient peine à entendre. Mais il ne voulait plus jouer les briseurs de rêve. Dans un éclair de lucidité douce amère, il se rendit compte qu'il était trop tard, car il l'aimait déjà. Et s'il avait cru aux miracles, il se serait dit sans doute qu'un jour, elle aussi, elle serait capable de l'aimer...

— Parée? lança-t-il d'une voix sèche alors qu'ils revêtaient leur casque.

— Si tu me voyais...! répondit Angela avec un rire étouffé. Je les ai coincés sous mon sweat-shirt. On dirait que j'ai un pneu autour du ventre.

— Ne t'inquiète pas, je vais essayer de faire vite, dit David en souriant malgré lui. Car je crois bien me souvenir que la plupart des chiots ont la sale manie de s'oublier un peu n'importe où.

— Tu veux rire?

— Ai-je l'air de plaisanter? ricana-t-il en enfourchant son engin.

— Oh! non...

8

— Eh bien, monsieur Ortega, vous voilà affligé d'une bien curieuse maladie, dit Angela en réprimant à grand-peine le sourire qui lui montait aux lèvres. Quelles sont ces bosses bizarres qui remuent sous votre blouson?

Ils progressaient sans faire de bruit dans les couloirs de la clinique, David en tête.

— A propos de cette sale manie.., commença ce dernier.

— Oui?

— Je viens d'en avoir une quadruple confirmation! Mais je voudrais que tu m'expliques pourquoi je me retrouve avec quatre passagers clandestins au lieu de deux? Je n'ai pas très bien suivi ton raisonnement, tout à l'heure.

— Voyons, David. Tu as bien vu que leurs petites griffes n'arrêtaient pas de se prendre dans mon sweat-shirt.

— Ah, ouais? répondit-il tandis qu'ils franchissaient les portes du service où se trouvaient Benjy et Liz. Eh bien, j'ai une bonne nouvelle à t'apprendre : leurs petites griffes — pas si petites que ça, d'ailleurs — sont en train de se prendre dans ma peau, et c'est très désagréable.

— Console-toi en pensant à la joie de Liz et Benjy quand ils vont les voir.

Angela ne cessait de jeter des coups d'œil inquiets par-dessus son épaule afin de s'assurer qu'on ne les avait pas repérés. Cette fois, si jamais ils avaient le malheur de se faire pincer, elle aurait du mal à s'en sortir indemne.

— J'avoue qu'effectivement, j'y ai pensé, chuchota David, dévoilant l'espace d'un instant toute la tendresse qu'il s'évertuait à dissimuler. C'est d'ailleurs la seule raison qui m'a empêché de noyer ces affreux petits monstres de mes propres mains.

— Sans blague? murmura Angela qui, intérieurement, mourait de rire en voyant son air furibond.

— Parfaitement, mentit-il avec aplomb. Et ne va surtout pas t'imaginer que j'ai fait cela pour t'être agréable. Où irait-on, sinon, je te le demande. Un jour, tu dessines des dragons sans autorisation, le lendemain tu introduis des animaux dans un environnement censé être stérile, au mépris de toutes les règles d'hygiène. Si je te laissais agir, tu serais capable de m'obliger à coller une corne sur le front de nos poneys pour les transformer en licornes.

— Sais-tu que tu es plein de bonnes idées?

— Oups! Oublie ce que je viens de dire. Tiens, prends-moi plutôt ces deux zèbres, ajouta-t-il en extrayant deux chiots de son blouson. Je te souhaite bien du plaisir quand tu vas devoir expliquer à la surveillante la présence de tes protégés à l'intérieur de sa clinique.

Une forte femme d'allure revêche piquait droit sur eux depuis l'autre extrémité du couloir.

— Et toi, que vas-tu faire? demanda Angela.

— Prendre la fuite, quelle question!

— Mais pourquoi? Après tout, en tant que psychologue, toi aussi tu fais partie de la clinique.

— On voit bien que tu ne la connais pas! Il faudrait au moins une intervention divine pour convaincre ce dragon d'enfreindre le règlement.

— Comment peux-tu tolérer ça?

— Regarde-la bien et tu me diras si j'ai le choix, ricana David.

— Dégonflé, va, lâcha Angela d'un air méprisant. Et maintenant, quelle est la suite du programme?

La surveillante n'était plus qu'à une vingtaine de mètres; or, la main de Dieu ne s'était toujours pas manifestée.

— Tu essayes de la retenir le plus longtemps possible pendant que je me faufile dans la chambre de Liz et Benjy avec les deux chiots qui me restent, répondit précipitamment David. Je dirai à Benjy que je lui apporte la nouvelle mascotte de l'équipe de foot, et qu'il a été désigné à l'unanimité pour s'en occuper. Quant à Liz, je lui dirai que tu t'es généreusement sacrifiée pour que je puisse passer derrière les lignes ennemies. Qu'en penses-tu? Génial, non?

En voyant ses yeux bleus pétiller d'une excitation juvénile, Angela sut qu'elle avait gagné. Elle aurait voulu chanter, danser, rire et pleurer tout à la fois, tant l'amour qu'elle éprouvait pour David lui gonflait la poitrine, menaçant de la faire exploser. Une expression féroce se peignit alors sur son visage tandis qu'elle se raidissait dans l'attente de la confrontation, désormais imminente.

Brandissant triomphalement les chiots glapissants pour attirer l'attention de l'infirmière, Angela eut un sourire imperceptible lorsqu'elle vit David se glisser sans encombre dans la chambre des deux enfants.

— N'est-ce pas qu'on dirait des vrais? s'exclama-t-elle en fourrant les deux petites bêtes sous le nez de la surveillante. C'est incroyable ce qu'on arrive à faire de nos jours avec du plastique. Regardez comme ils sont mignons. On a même réussi à reproduire l'odeur...

L'infirmière la considéra d'un air glacial. Pas un muscle de son visage n'avait tressailli.

— Miss Newman, je vais devoir vous demander de m'accompagner chez le directeur.

« Cette fois-ci, tu es cuite », songeait Angela quand, au détour du couloir, surgit soudain Dieu en personne, à savoir le directeur, accompagné de la bonne, de la compréhensive Sylvia. Angela était sauvée.

— Coucou! s'écria-t-elle en agitant joyeusement la main. Euh, monsieur le directeur, Sylvia, poursuivit-elle d'un ton hésitant lorsqu'ils se furent approchés. Voilà, il s'agit d'un léger malentendu concernant le règlement intérieur de l'établissement. Sans vouloir remettre en cause la nécessité d'en posséder un, il me semble néanmoins que dans certaines circonstances, il devrait être possible de...

Angela n'acheva pas sa phrase. Le directeur la dévisageait avec une sorte de gravité teintée de pitié qu'elle n'avait encore rien fait pour mériter, du moins pas à sa connaissance. Quant à Sylvia, sa bonne humeur habituelle semblait l'avoir désertée.

— Il est arrivé quelque chose à Liz? glapit Angela, prise soudain d'un horrible pressentiment.

— Son état est stationnaire, répondit le directeur.

— Que se passe-t-il, alors?

— Sylvia va vous renseigner, dit-il en faisant signe à la surveillante de le suivre. Si vous voulez bien m'excuser, j'ai quelques coups de téléphone à donner.

Angela les regarda s'éloigner un instant avant de s'élancer dans le couloir.

— Il faut que je voie Liz.

Sylvia avait été plus rapide et, devant la porte de la chambre, elle tendit les bras pour lui barrer le passage.

— Angela, écoutez-moi. Ainsi que le directeur vient de vous le dire, l'état de Liz est resté stationnaire depuis que vous l'avez quittée, ce matin. Je ne sais pas si vous êtes déjà au courant, mais les médecins ont décidé de lui faire suivre le même traitement expérimental que celui de Benjy. Pour l'instant, elle dort, ce qui est plutôt bon signe. J'ai eu un mal de chien à la calmer, vous savez et, dans son état, elle ne peut pas se permettre une nouvelle crise de nerfs.

— Comment ça, une nouvelle crise? s'exclama Angela en secouant la tête comme si elle avait mal entendu. Je ne comprends pas. David et moi avions l'intention de leur apporter ces chiots. Je ne vois pas ce qui pourrait les bouleverser.

— Attendez, je n'ai pas fini, déclara Sylvia en posant une main ferme sur l'épaule de la jeune femme. Liz était avec Benjy lorsque le petit est tombé dans le coma. Il a fallu le rapatrier d'urgence auprès de sa famille dans un véritable hôpital.

— Mais il ne va pas mourir...

Dans la bouche d'Angela, c'était plus une affirmation qu'une question.

— Malheureusement, il semble que dans le cas de Benjy, ces nouveaux médicaments n'aient pas eu le temps de faire effet, répondit Sylvia. Benjy était très malade, vous savez.

— « Était »? s'écria Angela d'un ton suraigu. Mais il l'est toujours!

— Vous avez raison, avoua Sylvia en lui prenant les chiots des bras.

Angela se boucha les oreilles pour ne pas entendre le rugissement de victoire de l'implacable dragon. Il fallait absolument qu'elle voie Liz.

— Je n'étais pas là, lâcha-t-elle d'une voix sourde. A trois reprises, Liz a eu besoin de moi, et je n'étais pas là — les premiers jours de son arrivée ici, la nuit dernière dans la montagne, et aujourd'hui. Je n'ai pas le droit de la laisser tomber encore une fois.

Après un instant d'hésitation, Sylvia eut un bref hochement de tête et, avec précaution, elle entrouvrit la porte de la chambre afin qu'Angela pût jeter un coup d'œil à l'intérieur.

— Je suis restée auprès d'elle jusqu'à ce qu'elle s'endorme, chuchota la psychologue. Elle ne se réveillera pas avant demain matin, et c'est une bonne chose si l'on veut que son traitement ait une chance d'agir.

— Autrement dit, elle peut très bien suivre le même chemin que Benjy. Et je ne peux rien faire pour elle!

Sylvia la repoussa et referma la porte sans bruit.

— Avant tout, il faut vous calmer, dit-elle d'une voix douce en l'entraînant par le bras vers la salle d'attente. Et vous pouvez encore l'aider.

— Comment ? gémit Angela.

— Je vais vous le dire. Savez-vous ce qu'ils faisaient, tous les deux, avant que Benjy sombre dans le coma ?

— Ils discutaient du bal costumé ?

— Exactement, dit Sylvia en souriant. Ils avaient l'intention de se déguiser en anges en copiant ceux que vous aviez accrochés dans la chambre. Avant de s'endormir, Benjy a déclaré à Liz : « Je le vois, maintenant. Il ressemble tout à fait à celui que ta tante m'avait promis. » Il avait encore votre dessin serré contre son cœur lorsqu'on l'a transporté jusqu'à l'hélicoptère.

Angela dut se mordre la lèvre pour s'empêcher de pleurer.

— Vous voyez ? reprit Sylvia en lui tendant un gobelet de café. Benjy va peut-être mourir, mais il n'aura pas peur de mourir. Malgré tout notre savoir, tous nos diplômes, vous avez réussi, vous et votre optimisme inébranlable, à lui donner ce que nous étions incapables de lui offrir : un ange gardien, un être qui veillera toujours sur lui. Pour Benjy, cet ange gardien est aussi réel que vous ou moi, et c'est cela qui importe. Si Liz en a besoin un jour, ce sera grâce à vous qu'elle pourra le voir, elle aussi.

Sylvia s'interrompit pour aller chercher du lait au distributeur de boissons et le donner aux deux chiots qu'elle tenait toujours dans ses bras.

— Le miracle que vous souhaitiez n'a peut-être pas eu lieu, mais je vous assure que vous n'avez pas à rougir du résultat. Angela, vous avez fait tout ce qui était en votre pouvoir pour ces deux enfants. En revanche, je connais quelqu'un qui, en ce moment même, a besoin de vous. Un de vos petits miracles ne lui ferait pas de mal. Vous voyez de qui je veux parler, n'est-ce pas?

— David, souffla Angela. Où est-il?

Elle n'avait aucune peine à imaginer le choc qu'il avait dû éprouver lorsqu'il avait pénétré dans la chambre pour voir que le lit du petit garçon était vide.

— Je n'en ai pas la moindre idée, répondit Sylvia en secouant la tête. J'étais au chevet de Liz lorsqu'il est entré comme un boulet de canon. Le temps que votre nièce s'endorme, une des infirmières de l'étage l'avait déjà mis au courant de la situation mais, lorsque j'ai voulu lui parler, il avait disparu. Personne ne sait où il est parti. Il adorait Benjy, et de le savoir seul dans un moment pareil ne me plaît guère.

— Ne vous inquiétez pas, il ne le restera pas longtemps, promit Angela.

Après lui avoir assuré qu'elle s'occuperait des chiots pendant qu'Angela partait à la recherche du psychologue, Sylvia ajouta :

— Quand vous l'aurez trouvé, dites-lui que Benjy voulait à tout prix qu'il vienne au bal costumé déguisé en pirate. C'est à cause de leur équipe de foot qu'ils ont appelée les Pirates, expliqua-t-elle. Il tenait également à lui remettre ceci.

Elle tira de sa poche une médaille de carton, grossièrement découpée sur laquelle était inscrit en lettres maladroites : « A mon entraîneur préféré, le roi des Pirates. Benjy. »

Angela prit l'objet et le rangea soigneusement

dans sa poche. La vie n'avait pas été tendre avec elle, mais à force de prendre des coups, elle avait fini par retenir la leçon : ne jamais baisser les bras. Cette leçon, il était temps que David l'apprenne à son tour.

Angela examina une nouvelle fois le plan de la colonie et cocha les endroits où elle s'était déjà rendue : le chalet de David, la salle de jeux, la cantine, le bâtiment administratif, la clinique, et enfin le dortoir des garçons.

— Réfléchissons calmement, marmonna-t-elle pour elle-même en mordillant le bout de son crayon.

Voyons : elle avait éliminé les endroits les plus plausibles, mais il restait d'innombrables recoins où il pouvait encore se terrer sans grand risque d'être découvert. Les yeux rougis par le manque de sommeil, elle renversa la tête en arrière et déclara d'une voix lasse :

— Allez, une dernière tentative et je vais me coucher. Quant à toi, le dragon, gronda-t-elle en agitant son poing devant la silhouette sombre et menaçante d'un énorme chêne, je t'ordonne de te tenir tranquille jusqu'à demain matin. Compris ?

A cet instant, Angela se dit que la fatigue la poussait à délirer. Voilà qu'elle prenait les chênes pour des dragons, et qu'elle entendait piauler les chiots... dans les arbres. Plissant les yeux, elle distingua alors dans les branches du chêne, à environ cinq mètres du sol, une cabane. Les piaillements reprirent. Angela décida d'aller y jeter un coup d'œil.

S'aidant des planches qu'une main malhabile

avait clouées sur le tronc pour faciliter l'escalade, Angela grimpa jusqu'à une sorte de plate-forme où elle s'écroula après avoir effectué un rétablissement. Quatre petites langues roses entreprirent immédiatement de lui nettoyer le visage et elle se hâta de ramper hors de leur portée. A l'autre bout de la plate-forme, lui tournant le dos, David était assis, silencieux, la tête rentrée dans les épaules.

— David, murmurat-elle en posant avec précaution une main sur son dos tremblant. David, mon amour, parle-moi.

Elle se mit à le caresser doucement, mais le tremblement s'amplifia encore.

— David, je t'en prie, dis quelque chose. Je suis là pour t'aider.

Elle posa la tête contre ses épaules et, les mains nouées autour de sa taille, se mit à le bercer comme un enfant.

— David. Je suis là. Moi aussi, j'ai besoin de toi.

— Tu mens! explosa-t-il soudain en se dégageant avec violence de son étreinte. Ce que tu cherches, ce n'est pas moi mais un beau chevalier qui n'a qu'à lever son épée pour que tout s'arrange comme par enchantement. Regarde-moi : tu as devant toi un être humain, Angela, pas un surhomme. Rien qu'un homme incapable de faire des miracles et je dirai même pire, un raté!

Angela s'adossa à la cabane, effrayée, non par sa colère, mais par l'étendue de la détresse qu'elle lisait dans ses yeux. Deux possibilités s'offraient à elle, à présent. Elle pouvait partir et l'abandonner à ses démons, détruisant par la même occasion leur amour à peine né. Ou elle pouvait rester et se battre à ses côtés contre leur ennemi commun : le dragon.

Dès lors, son choix était simple.

— Nous y voilà enfin, cracha-t-elle avec mépris, utilisant toute la rage qui s'était accumulée en elle pour tenter de le faire réagir. La vérité, c'est que tu n'es qu'un lâche qui est prêt à tout abandonner au premier coup dur. Tu es incapable de faire des miracles, tu es un raté. Soit. Mais il ne s'agit pas seulement de toi, il y a aussi les autres. Je ne fais pas allusion ici à ma petite personne, ajouta-t-elle précipitamment, prévenant ses objections. Toi seul es capable de rendre l'espoir à Benjy.

Elle sortit la médaille de sa poche et l'épingla sur la poitrine du psychologue.

— Il pensait te la remettre demain soir pendant la fête. Ce petit bout de carton signifie que, pour lui comme pour moi, tu représentes une sorte de héros. Pirate ou chevalier, peu importe.

Refoulant ses larmes, elle poursuivit d'un ton farouche :

— Il y croyait, David, dur comme fer, et il y croit toujours. Bon Dieu! Il est peut-être dans le coma, mais il n'est pas mort. Et toi, on jurerait à te voir que tu l'as déjà enterré. Alors, je te préviens, David, même si je dois pour ça t'attacher moi-même un bandeau sur l'œil et te tirer par les pieds tout le long du chemin, je te promets que tu vas assister à ce bal costumé, déguisé en pirate ainsi que Benjy le voulait!

Si David tremblait, à présent, c'était de fureur. Le visage projeté en avant, il se mit à hurler :

— Ça suffit! De quel droit oses-tu t'ériger en gardien de ma conscience? Que je sache, je ne t'ai pas invitée à venir ici. Laisse-moi tranquille.

— Je me moque éperdument de ce que tu peux penser de moi, riposta Angela. Une chose est sûre, en tout cas : tu iras à ce bal costumé. Point final.

— Et si je te disais que je n'ai encore jamais participé à aucune de ces fêtes depuis que je travaille ici ?

— Je te répondrai qu'il est grand temps que cela change. Et à moins qu'en t'amputant le pied on ne t'ait également amputé le cœur et...

Étroitement enlacés, ils tombèrent sur le sol de la cabane tandis que David la couvrait de baisers.

— Pardonne-moi, lui murmura-t-il au creux de l'oreille. Pardonne-moi. Tu sais, je commence à penser que moi aussi, j'ai un ange gardien. Un ange gardien nommé Angela. Mais dis-moi, pourquoi as-tu quitté Liz pour venir me chercher ? Il faut que ce soit une raison importante.

— Elle l'est. Je suis venue parce que je t'aime, David. J'ai besoin de toi, j'ai besoin que tu m'aimes...

9

AYANT décidé d'un commun accord que leur
goût de l'acrobatie n'allait pas jusqu'à s'aimer
dans les arbres, Angela et David avaient regagné
en hâte le chalet de ce dernier. Là, les choses
avaient commencé à se gâter.

— David, je ne voudrais pas te brusquer, dit
Angela en le voyant sortir du réfrigérateur du lait
et de la viande hachée pour les donner aux chiots.
Mais je ne pense pas que nous soyons venus ici
pour jouer aux dominos!

David renversa un peu de lait sur le sol de la
cuisine et il poussa un juron.

— Je n'ai pas envie d'être attaqué par cette
bande d'affamés, grogna-t-il en étalant la flaque
de liquide du bout de sa chaussure.

— Nous n'avons qu'à fermer la porte de la
chambre.

— Je n'ai pas non plus envie que ma porte soit
attaquée par une bande d'affamés. Je te rappelle
que c'est toi qui as eu l'idée géniale de les amener
ici. Mais dis-moi, tu n'as pas envie d'un petit
verre?

Avant qu'elle ait pu répondre, il avait déjà

ouvert le placard et examinait les étagères avec une moue d'impatience.

— Zut. J'oubliais que tu avais avalé tout mon whisky, la dernière fois que tu es venue chez moi.

Angela voyait bien qu'il était mal à l'aise et cherchait à gagner du temps. La raison de sa nervosité lui apparut soudain lorsqu'elle se souvint que leur précédente expérience avait eu lieu dans l'obscurité rassurante d'une tente, sous un sac de couchage.

— David, tu n'as pas besoin d'essayer de me soûler pour que j'aie envie de toi.

— On n'est jamais trop prudent, répondit-il d'une voix tendue. Ça y est! Je sais! Il doit me rester un fond de sherry. Je vais te préparer un coktail avec du citron vert dont tu me diras des nouvelles.

— Du citron vert avec du sherry?

— Pourquoi pas?

— Pourquoi pas, en effet, admit-elle en grimaçant un sourire.

— Nous irons boire dans la chambre..., à la lueur des chandelles, ajouta-t-il. Ce sera plus beau.

Il fouilla dans un tiroir et en retira un paquet de bougies d'anniversaire déjà ouvert.

— Si on arrive encore à voir nos verres, objecta Angela qui s'empara d'une demi-douzaine de bougies. Je ne savais pas qu'il existait des chandeliers aussi minuscules.

— Quelle importance? Si ça ne marche pas, nous nous enivrerons dans le noir.

Angela le suivit jusque dans la chambre en priant secrètement le ciel de découvrir un moyen de calmer son agitation avant qu'il soit parvenu à la lui communiquer.

— Ce qui serait d'ailleurs une bien meilleure idée, poursuivit David, reprenant le fil de son monologue. De cette façon, tu ne pourras pas remarquer les traces de doigts sur les pots de confiture vides qui me servent de verres.

Son débit précipité, tout comme les sourires crispés qu'il adressait à intervalles réguliers à la jeune femme, ne faisaient qu'ajouter à son malaise. En effet, David était parfaitement conscient de ce que sa nervosité n'était pas près de disparaître. Tout au plus pourrait-il espérer la maîtriser. De savoir que ce n'était pas la première femme qu'il avait courtisée depuis qu'il avait perdu son pied ne l'aidait en rien à se calmer car c'était bien la première qu'il était capable d'aimer. Pire encore, la première femme dont l'amour lui soit devenu vital. Quelle allait être la réaction d'Angela en découvrant que la réalité n'avait rien de commun avec l'image idéale qu'elle s'était faite de lui? Était-ce sa faute si elle avait persisté dans ses illusions en dépit de toutes les tentatives qu'il avait effectuées pour la raisonner?

— Zut, j'ai oublié d'apporter les verres. Ne bouge pas, je vais les chercher.

David l'abandonna dans la chambre plongée dans l'obscurité et regagna avec une hâte suspecte l'abri de la cuisine.

Tandis qu'elle s'asseyait sur le rebord du lit et commençait d'ôter ses chaussures, Angela songeait tristement que, tout bien pesé, il aurait mieux valu rester dans cette cabane perchée dans les arbres. Qui avait dit un jour que la passion ne souffrait pas de délais? A présent, c'était à elle de s'efforcer de le séduire, elle qui n'avait, somme toute, qu'une expérience limitée en la matière. Par un curieux effet du hasard, les rôles étaient désormais inversés, mais en avertir David n'aurait servi à rien, si ce n'était à rendre l'atmosphère plus tendue.

— Je suis en train de relaver les verres, cria le psychologue depuis la cuisine. Je ne voudrais pas être accusé de tentative d'empoisonnement.

— C'est parfait. Pendant ce temps, je vais essayer de trouver un truc dans lequel piquer les bougies.

Mue par une inspiration soudaine, Angela se précipita dans la salle de bains et s'empara du pain de savon posé sur le lavabo, le support idéal pour leur éclairage intime. Alors qu'elle s'apprêtait à quitter la pièce, munie de son bougeoir de fortune, Angela eut une deuxième idée en voyant la douche. Après tout, cela marchait toujours dans les films. Pourquoi pas ce soir ?

Après avoir planté les bougies dans le savon, elle les alluma une à une, puis se hâta d'ôter ses vêtements.

— Qu'est-ce que tu fabriques ? l'entendit-elle crier par-dessus le fracas des verres dans l'évier.

— Je me lave, répondit-elle en refermant — mais pas tout à fait — la paroi vitrée de la douche. Tu avais raison. Ces sales petites bestioles sont couvertes de puces.

— Tu n'étais pas obligée, reprit David dont la voix semblait plus proche.

— C'était ça ou l'insecticide, dit-elle gaiement tandis qu'il pénétrait dans la salle de bains. Tu permets que j'utilise ton shampooing ?

— Euh, je t'en prie. Fais comme chez toi.

David déglutit avec effort, incapable de détacher les yeux de la silhouette qui se dessinait derrière la vitre embuée.

— Tu ne veux pas me rejoindre? Je te frotterai le dos...

Angela fit la grimace et se dit que ce genre de réplique sonnait toujours mieux dans les films, surtout dans la bouche d'une grande blonde pulpeuse. Au bout de quelques instants, comme David ne manifestait aucune réaction, elle essuya un petit coin de buée pour tenter de voir ce qui se passait.

— David? Tu es toujours là?

— Je suis là. Dehors.

— Ça, figure-toi que je m'en étais déjà aperçue! Ce que je ne comprends pas, c'est pourquoi tu n'es pas à l'intérieur.

Pas de réponse.

« De mieux en mieux! songea-t-elle avec colère. C'est bien la première et la dernière fois que je me risque à jouer les vamps. »

— Pourquoi? fit-il enfin. Sans doute parce que je sais que si j'entre, mon cerveau va brutalement s'arrêter de fonctionner. J'ai tellement envie de te rejoindre que j'en oublierais presque les raisons qui m'en empêchent.

— Tu as une curieuse façon de tourner le compliment, dit Angela sur un ton dépité. A t'entendre, on jurerait que prendre une douche en ma compagnie est aussi agréable que d'affronter le peloton d'exécution!

— Ce n'est pas ce que j'ai voulu dire. J'ai vraiment envie d'entrer.

— Qu'attends-tu, alors?

— Très bien, soupira-t-il en retirant son T-shirt. C'est toi qui l'auras voulu.

Le dos tourné à la vitre, Angela retenait son souffle.

Elle entendit la porte s'ouvrir et, l'instant d'après, elle était dans ses bras. Malgré le jet brûlant qui lui fouettait la peau, elle fut prise d'un frisson incontrôlable et se colla contre le corps nu de David.

Une poignée de secondes s'écoulèrent ainsi, délicieuses, sans que ni l'un ni l'autre n'osent faire le moindre geste, de peur de rompre le charme. Dans cette obscurité presque totale, les bruits, les contacts — ceux de leurs peaux mouillées, pressées l'une contre l'autre —, prenaient une intensité effrayante.

Tout au bonheur de cette étreinte, Angela se sentit vaciller et elle déplaça une jambe pour rétablir son équilibre. Son pied buta alors contre quelque chose de dur. Du bout de ses orteils, elle explora délicatement l'objet. Bizarre, on aurait dit... une chaussure de tennis!

— David! Voudrais-tu avoir la gentillesse de m'expliquer ce que tu fais sous la douche avec tes chaussures et, à plus forte raison, ta prothèse?

Elle sentit la poitrine de l'homme se soulever mais n'obtint aucune réponse.

— David, le prévint-elle. Si tu recommences à jouer les muets, je sens que je vais me mettre à hurler.

— Je ne l'ai pas enlevée pour la bonne et simple raison que je n'ai pas envie de te porter jusqu'au lit en sautant à cloche-pied, répliqua-t-il d'un ton amusé. Et puis, je ne me sens peut-être pas encore

132

tout à fait prêt à ce que tu me voies sans mon armure de chevalier.

Angela pinça les lèvres. Elle s'en était doutée.

— Ne me dis pas que c'est pour ça que j'ai droit à tout ce cinéma depuis au moins trois quarts d'heure! La libération de la femme, tu connais? Je suis assez grande pour trouver le lit seule. Tiens, c'est moi qui vais te porter.

Après avoir évalué mentalement la difficulté de l'entreprise, Angela se ravisa :

— Inutile de sourire, gros bêta. Si je ne peux pas te porter, je peux toujours te traîner par les cheveux. Mais non, ce serait encore trop long. Voilà ce qu'on va faire : j'éteins les bougies, tu finis de te déshabiller et, pour la suite, je te laisse improviser...

Se penchant à demi hors de la cabine, elle souffla les bougies.

— Petite dévergondée, va, murmura David en souriant tandis qu'il la poussait hors de la douche et la soulevait sans effort.

— Le lit doit se trouver quelque part par là, chuchota-t-elle. Simple supposition car je n'y vois rien du tout.

— Ne te fais pas de souci. L'un des rares avantages d'un pied en plastique, c'est qu'on ne risque pas de se faire mal en butant contre les meubles.

Avec une sorte d'étonnement joyeux, David songea que c'était la première fois qu'il osait se moquer de son infirmité, sans arrière-pensées et sans amertume.

Durant un long moment, il tint Angela serrée contre sa poitrine avant de la déposer avec douceur sur le lit.

— Je t'aime, dit-il simplement. Et j'ai tellement peur que tu me dises que tu ne m'aimes pas que cela fait trois quarts d'heure, comme tu dis, que je cherche à éviter ce moment alors que d'y penser me rend fou. Crois-tu que je devrais consulter un psychiatre?

— J'en connais un excellent, répondit la jeune femme en l'attirant près d'elle sur le lit. Il est intelligent...

Elle posa son index sur le front de David.

— ... sensible...

Elle se mit à tracer une ligne imaginaire, glissant sur l'arête du nez, la bouche, le menton, pour s'arrêter enfin à la poitrine.

— ... et ce qui ne gâte rien, plutôt beau gosse!

Éclatant de rire, elle l'enlaça et le fit rouler sur le lit.

— Rien que ça? s'exclama David. Tu vas me faire rougir.

— Attends, je n'ai pas fini. C'est également le seul homme avec lequel j'aie jamais souhaité vivre le restant de mes jours. Maintenant, je t'autorise à rougir.

David ferma les yeux, désirant savourer, ne fût-ce qu'un instant, les délicieuses promesses contenues dans cette déclaration avant d'être obligé de les oublier définitivement. Ses espoirs ne pouvaient être prolongés au-delà de cette simple nuit. Le reste relevait du miracle. Or, David s'interdisait de croire aux miracles.

Les mains réunies en coupe, il prit le visage d'Angela, tremblant si fort que celle-ci devinait la gravité du regard qui la dévisageait bien qu'elle fût à peine capable de distinguer ses yeux dans l'obscurité de la chambre.

— S'il te plaît, Angela, il ne faut pas me promettre de m'aimer toujours. Cette nuit me suffit. Ne pensons pas à demain. Mais surtout, surtout, ne m'adresse pas de promesses impossibles à tenir.

— David, je t'aime.

C'était la seule réponse qu'elle pût offrir aux questions qui le tourmentaient. Elle l'aimait et, merveille des merveilles, il semblait que cet être pragmatique, foncièrement raisonnable, l'aimait à son tour. Pour Angela, un amour durable, fidèle et partagé était la conclusion logique d'un tel état de fait. Mais si, malgré tout, il persistait à penser qu'elle était capable de l'abandonner un jour — n'avait-il pas déjà été trahi par une femme? — il ne restait plus à Angela qu'à lui prouver de manière irréfutable qu'il avait tort.

— Bon, comme tu voudras, reprit-elle enfin. Oublions demain. Aime-moi, David, aime-moi de toutes tes forces. Maintenant.

Avec un gémissement étranglé, il se coucha sur elle et l'embrassa fougueusement, explorant sa bouche de sa langue impatiente. «Je t'aimerai toute ma vie», pensa-t-il, tandis qu'il sentait le corps d'Angela se cabrer sous lui, quémandant silencieusement des caresses qu'il ne songeait plus désormais à lui refuser. Il était trop tard pour revenir en arrière. Qu'elle tînt ou non ses promesses n'avait aujourd'hui plus d'importance. Il savait qu'il ne pourrait plus jamais cesser de l'aimer.

— C'est la première fois que j'aime une fée, lui avoua-t-il au creux de l'oreille. Car tu es une fée.

— Dorénavant, je te permets de m'appeler Morgane, plaisanta-t-elle.

— Ta peau est si douce, Morgane, enchaîna-t-il. Si parfumée!

Le visage enfoui au creux de son épaule, il l'entendit émettre une série de gloussements étouffés lorsque les boucles humides de ses cheveux vinrent lui chatouiller la joue.

— Mots doux..., mots doux..., mots doux...

David eut un rire silencieux avant de répliquer :

— Voilà une bien charmante façon, quoique littérale, de me susurrer des mots doux à l'oreille!

Puis il la ramena au centre du lit et, d'une voix rendue sourde par le désir qui montait en lui, il murmura :

— Angela, assieds-toi et laisse-moi te contempler. Je n'ai encore jamais eu l'occasion de voir une fée sans ses voiles. Je t'en prie, accorde-moi ce plaisir.

— Soyez un peu logique, monsieur le psychologue, répondit-elle d'un ton moqueur. Il fait noir comme dans un four. A moins d'avoir des yeux de chat, je ne...

— Angela, s'il te plaît.

— D'accord. Mais d'abord, j'ai moi aussi une requête à te présenter.

— Laquelle?

— Je veux connaître l'homme qui se cache derrière son armure.

Elle se mit à lui effleurer les cuisses et ses mains descendirent peu à peu jusqu'au genou, descendirent encore...

— Je t'aime, David, reprit-elle en sentant les muscles puissants se raidir au contact de ses doigts. J'aime ton corps, avec ses défauts et ses imperfections.

Sa main se referma doucement sur la prothèse. David retint son souffle.

— Laisse-moi te l'enlever. Je te promets que je ne t'obligerai pas à me pourchasser autour du lit.

— Ce que tu veux dire, en réalité, c'est que tu as trouvé le meilleur moyen de m'empêcher de fuir.

— Exactement. Une perle rare comme toi, on ne la laisse pas échapper.

Avec douceur d'abord pour ne pas le brusquer, mais sans la moindre hésitation, Angela dénoua les lacets, retira la chaussure, puis fit glisser la chaussette. Durant tout le temps que prit cette opération, David serrait et desserrait convulsivement les poings, luttant contre l'envie qu'il avait de lui saisir la main et d'interrompre son geste.

Enfin, Angela parvint à ôter prothèse et, souriante, elle se mit à caresser le membre mutilé.

— Je sais ce que tu penses, dit-elle alors. Tu voudrais que je te dise que je t'aime malgré ton infirmité. Mais pour moi, ce serait aussi ridicule que de me demander si je t'aime bien que tu aies trente-cinq ans et que je n'en aie que vingt-huit. Cela me paraît aller de soi.

— Oui, mais...

— Ne t'inquiète pas, l'interrompit-elle avant qu'il ait eu le temps de formuler son objection. Je ne suis pas en train d'essayer de minimiser l'importance que cela peut avoir pour toi. Mais sincèrement, je ne vois pas comment cela pourrait m'empêcher de t'aimer.

Plusieurs secondes s'écoulèrent, interminables, puis David murmura enfin d'une voix hésitante :

— Morgane?

— Mmm?

— Tu viens de réaliser un miracle. Le sais-tu?

— Je le sais.

Puis, d'un ton malicieux, elle ajouta :

— A ton tour, maintenant...

10

LORSQU'Angela quitta David, l'aube pointait à peine. Après avoir laissé un petit mot sur l'oreiller, elle passa récupérer son matériel de dessin puis, grâce à la complicité du gardien de nuit, elle se fit ouvrir le réfectoire et se mit aussitôt à l'ouvrage. Utilisant les idées émises par Liz et Benjy, tout en y ajoutant un peu des siennes, Angela travailla sans relâche jusqu'au petit déjeuner, heure à laquelle se présentèrent les premiers volontaires.

Quand, aux environs de midi, arriva la pause du déjeuner, la salle était méconnaissable. La classe de dessin de Sylvia, à qui Angela avait confié une partie du travail de décoration, avait passé la matinée à fabriquer de petits dragons de papier destinés à être supendus au plafond, ainsi que des hippogriffes, des chimères et autres animaux imaginaires. Tout le personnel de service — cuisiniers, lingères, jardiniers — avait été réquisitionné pour accrocher les banderoles et les guirlandes qui couraient à présent le long des murs. Angela avait même réussi à convaincre une partie du personnel d'encadrement de la colonie à mettre la main à la pâte.

Lorsque David se présenta à son tour à la cantine, le château fort miniature, fait de carton et de contreplaqué, qui avait été dressé dans un coin de la salle, était déjà presque terminé. Trois des murs étaient couverts de boucliers, d'armoiries et d'épées entrecroisées peints sur de larges bandes de papier et achevaient d'évoquer l'atmosphère médiévale qu'Angela avait voulu donner à la fête.

Quant au dernier mur, qui était aussi le plus grand, elle se l'était réservé pour elle seule. Il lui avait fallu pour cela réveiller le directeur à quatre heures de matin afin de lui demander l'autorisation, ce qu'elle n'avait pas hésité à faire un seul instant.

En tout cas, le résultat était là. Reculant de quelques pas afin de pouvoir embrasser l'ensemble, Angela admirait son œuvre avec un sentiment de légitime satisfaction. C'était la première fois qu'elle peignait une fresque et, toute modestie mise à part, elle devait reconnaître que son style s'accommodait fort bien de ce type de travail.

Deux personnages centraux occupaient la plus grande partie de la surface peinte : l'un était un dragon et l'autre, un chevalier. Avec son énorme queue se terminant en fer de lance, ses écailles acérées, ses ailes gigantesques qui montaient jusqu'au plafond, sa tête hideuse, difforme, le dragon aurait réussi à épouvanter les plus courageux s'il n'avait été évident qu'il était déjà mort. De petits lutins faisaient cuire des saucisses au-dessus de ses naseaux encore fumants, une balançoire avait été installée entre ses crocs, et une kyrielle d'anges aux figures plus ou moins familières flottaient parmi les nuages, semant pétales de fleur et poudre de perlimpinpin. Quant au chevalier, Angela lui avait apporté un soin tout particulier. Son armure étincelait de mille feux, tout comme le pommeau de son épée plantée dans le flanc du dragon. Pour ne pas plonger David dans l'embarras, elle avait préféré laisser la visière de son heaume baissée. Mais les yeux bleus qui la regardaient par la fente étaient ceux du psychologue, tout comme ses mains fortes et hâlées qui portaient les cicatrices de précédentes batailles. L'épée et l'écu qui gisaient la terre étant désormais inutiles, le chevalier tenait dans l'une un foulard de soie blanche — la faveur de sa dame — et tendait l'autre à un personnage invisible, une femme, sans doute.

Tandis qu'elle nettoyait ses pinceaux, Angela risqua un coup d'œil sur celui qui lui avait servi de modèle et qu'elle avait, dès son arrivée, mis à contribution. Pour l'instant, après avoir aidé à installer le décor, il s'efforçait de maquiller ceux des enfants qui avaient déjà enfilé leur déguisement.

— Alors, Michel-Ange, tu as terminé ton chef-d'œuvre? lança-t-il d'un ton impatient en voyant qu'elle l'observait. Parce que nous autres, pauvres amateurs, nous aurions bien besoin de tes talents de peintre.

Angela ne put s'empêcher de faire la grimace en voyant l'étendue des dégâts qu'il venait de réaliser.

— Oh! oui, s'il vous plaît, venez nous aider, gémit alors l'une de ses innocentes victimes. J'étais censé être déguisé en lutin de la forêt et maintenant je ressemble à un vieux crapaud.

— Vieux et laid, confirma le psychologue d'une voix lugubre.

— Il faut l'excuser, dit Angela en ôtant le pinceau des mains de David. M. Ortega n'a sans doute jamais vu un véritable lutin de la forêt de sa vie. Rendez-vous compte, jusqu'à la nuit dernière, il ne croyait même pas que les fées existaient!

— Je veux bien lui pardonner à condition que vous m'arrangiez ça, répondit le petit crapaud.

— Ne t'inquiète pas, mon gars, assura-t-elle en essuyant des traînées de peinture à l'aide d'un mouchoir en papier. Je vais te rattraper ça en moins de deux. Quand j'en aurai fini avec toi, un véritable lutin serait incapable de voir la différence. Mais David, qu'est-ce que tu fais?

— Je t'envoie les autres, pardi.

— Une minute. Je ne vais pas avoir le temps de maquiller tout le monde. Il faut que j'aille voir Liz. J'ai déjà appelé la clinique à plusieurs reprises, mais chaque fois, ou elle dormait, ou les médecins étaient avec elle. Je sais bien que Sylvia a dit qu'il fallait quelle dorme, mais quand même, cela me semble un peu beaucoup. Qu'en penses-tu?

— C'est difficile à dire.

— David baissa la tête pour éviter de croiser son regard. Les symptômes de chaque type de cancer, ainsi que leurs traitements spécifiques, n'avaient plus de secrets pour lui. Quand les parents venaient le trouver pour lui poser ce même genre de questions, non seulement il était capable de leur fournir une réponse, mais il parvenait la plupart du temps à apaiser leurs craintes. La plupart du temps...

— David?

— Voilà ce que je te propose, dit-il en s'efforçant de masquer son trouble. Comme je dois aller de toute façon à la clinique, j'en profiterai pour rendre une petite visite à Liz, et ensuite je t'appellerai. Tu vas rester ici tout l'après-midi?

— Bien sûr que non.

En voyant les visages suppliants des enfants que David avait superbement ratés, elle se ravisa :

— Enfin, peut-être. Mais David, il faut que je voie Liz. Je veux me rendre compte par moi-même si elle va s'en sortir.

Elle haussa les épaules et ajouta :

— Non pas que j'en doute une seule seconde, mais j'aimerais savoir si elle sera suffisamment rétablie pour assister à la fête. J'ai l'intention de la déguiser en ange et j'ai besoin de prendre ses mesures.

— Si tu es capable de peindre une fresque en une matinée, ne me dis pas qu'il te faut de mesures exactes pour réaliser un costume.

David essayait-il de la convaindre de ne pas se rendre à la clinique? La question lui traversa l'esprit, puis elle l'oublia.

— Comprends-moi, David. Je n'aurai pas le temps d'apporter des retouches. Tu es tellement peu doué qu'il va me falloir le reste de la journée pour tenter de rattraper ce gâchis. David? David?

Il était déjà parti.

Avec un soupir résigné, Angela se concentra alors sur le visage du petit clown qui se tenait devant elle. Le maquillage n'arrivait même pas à cacher son air affligé.

— Ne vous faites pas de bile, mademoiselle,

déclara l'enfant. On ne doit pas être plus d'une douzaine. Quand ils ont vu le massacre, les autres ont préféré se débrouiller tout seuls.

Angela lui adressa un sourire compréhensif et elle se mit au travail.

— Et maintenant, ça te plaît? lui demanda-t-elle en approchant le miroir afin qu'il puisse s'admirer.

Après avoir exprimé sa satisfaction par un vigoureux hochement de tête, l'enfant céda la place à la suivante en lui tapant sur les paumes comme s'il s'agissait d'un match de basket.

— Y a rien à faire, je crois que c'est désespéré, soupira la fillette tout en s'asseyant. Regardez, je n'ai plus un seul cheveu, et en plus, j'ai une grande cicatrice sur le crâne.

— Et moi? intervint alors une deuxième. Je préfère encore ne pas aller à la fête plutôt que de me présenter avec cette tête. On dirait un loup-garou!

Soulevant sa casquette de base-ball, elle laissa voir à la jeune femme quelques touffes de cheveux clairsemés.

Angela songea avec regret qu'il ne fallait pas espérer rendre visite à Liz avant la fin de l'après-midi. Prenant son courage à deux mains, elle inspecta chaque enfant tour à tour et conseilla aux plus mal lotis d'effacer entièrement leur maquillage pendant qu'elle s'occupait des retouches. A l'aide d'un peu d'eau sucrée, elle s'attaqua tout d'abord à la chevelure du «loup-garou», réalisant en un tournemain une coiffure punk du plus bel effet. Ensuite vint le tour de la petite chauve. Après avoir suçoté le bout de son pinceau pendant quelques secondes, attendant l'inspiration, Angela décida de peindre un grand cœur rouge sur le crâne de la fillette, utilisant la cicatrice pour dessiner une flèche. Deux longues heures s'écoulèrent ainsi, tandis qu'elle créait, au gré de sa fantaisie, des anges, des fées, des clowns et autres créatures tirées de son imagination inépuisable. Lorsqu'enfin le dernier enfant eut été maquillé, elle courut jusqu'à la clinique, sans même prendre le temps de se nettoyer le visage et les mains qui étaient maculés de peinture.

Se précipitant dans les couloirs, elle s'arrêta, à bout de souffle, devant la chambre de Liz et se répéta une dernière fois l'excuse qu'elle avait préparée, avant de pousser la porte.

— Pardonne-moi, Liz, mais je n'ai pas encore eu le temps de commencer ton costume. Ne t'inquiète pas, je l'aurai terminé pour ce soir. Je vais demander qu'on me prête une voiture pour descendre en ville acheter du tissu, mais je te promets que...

Les mots moururent sur ses lèvres lorsque, s'étant approchée du lit, elle aperçut enfin le visage de sa nièce. Angela crut d'abord qu'elle boudait avant de se rendre compte que Liz était endormie. Son visage était d'une pâleur effrayante, sa respiration si ténue qu'il fallait se pencher pour la déceler. Quand elle appliqua la main sur le front de la fillette pour voir si elle avait de la fièvre, Angela fut horrifiée de constater que Liz n'avait même pas réagi. Depuis combien de temps cela durait-il? Et pourquoi ne l'avait-on pas avertie?

Ce furent les premières questions qu'elle posa à l'infirmière qui était apparue en toute hâte après qu'Angela eut appuyé sur le bouton d'appel.

— Sortons, nous serons mieux dans le couloir pour parler, dit la femme en entraînant gentiment Angela hors de la chambre. Vous ne voudriez tout de même pas la réveiller, n'est-ce pas?

— La réveiller? glapit Angela qui sentait la moutarde leur monter au nez. Une bombe n'y suffirait pas! J'exige de voir son médecin immédiatement! Et je veux qu'on m'explique pourquoi je n'ai pas été prévenue de ce que l'état de ma nièce avait empiré.

— Miss Newman, répondit l'infirmière sans s'émouvoir. Si votre nièce semble inconsciente, c'est simplement parce que les effets de son nouveau traitement n'ont pas l'air de se manifester; du moins pas aussi vite que nous l'espérions. Mais son état est stable et je vous assure qu'il n'y avait pas lieu de tirer la sonnette d'alarme.

— Vous croyez?

Le ton froid et impersonnel de l'infirmière avait réveillé la colère d'Angela, qui se força pourtant à ajouter d'une voix plus aimable:

— Permettez-moi de ne pas partager votre opinion. Je désirerais d'ailleurs faire part de mes inquiétudes au médecin responsable. Sauriez-vous où je pourrais le trouver, s'il vous plaît?

— Le Dr Fleming doit être déjà parti, répondit l'infirmière après avoir jeté un rapide coup d'œil à la pendule du couloir. Et le collègue qui le remplace ne connaît pas aussi bien que lui les détails du dossier de votre nièce, bien qu'il ait été mis au courant par le Dr Fleming lui-même. Mais rassurez-vous, je peux vous certifier que nous avons scrupuleusement suivi leurs instructions. Maintenant, si vous voulez bien m'excuser, j'ai d'autres visites à effectuer. Toutefois, si vous avez des réclamations à formuler, vous pouvez toujours vous adresser à l'un des deux psychologues.

— Excellente suggestion, fit Angela d'un ton bref. Dites-moi simplement où je peux en trouver un, peu importe lequel.

— Au fond du couloir à droite, le numéro dix-huit. Il me semble avoir vu Sylvia Pakleza y entrer il y a quelques minutes.

Pivotant sur les talons, Angela s'élança dans la direction que lui avait indiquée l'infirmière. Sans même prendre la peine de frapper, elle poussa la porte numéro dix-huit... et s'arrêta net, figée sur le seuil, le souffle coupé par le spectacle qui s'offrait à ses yeux.

Le visage rond et placide de Sylvia exprimait la plus intense stupéfaction. La psychologue bondit pour barrer le passage à la jeune femme, pas assez vite cependant pour l'empêcher d'apercevoir David.

Assis sur la table d'examen, il demeurait impassible, le poing serré, tandis qu'un médecin effectuait la prise de sang et qu'un autre, penché sur sa jambe droite, vérifiait le bon état de sa prothèse. Mais le pire, c'était cet air de fragilité et de solitude extrêmes qui se dégageait de lui et qui terrifia Angela.

— Je pense que nous aurons le résultat des analyses dès ce soir, dit l'un des médecins avant de quitter la pièce en compagnie de son collègue.

— Nom d'un chien, Angela! s'exclama Sylvia qui avait enfin retrouvé l'usage de la parole. Vous ne devriez pas être ici. Venez, je vous offre un café. David nous rejoindra plus tard.

— Laisse-la, l'interrompit David d'une voix

dure. Toi et moi savons la raison pour laquelle elle est ici. Elle peut rester, ça ne me gêne pas.

— Mais David..., protesta vainement la psychologue. Ce n'est peut-être pas le moment...

— Si.

Après avoir baissé sa jambe de pantalon et lacé sa chaussure, David se laissa glisser avec souplesse de la table d'examen et se dirigea vers Angela qui le contemplait, bouche bée.

— La politique de l'autruche, tout le monde est tenté de l'appliquer à un moment ou un autre, ajouta-t-il en lui prenant les mains, mais en continuant à s'adresser à Sylvia. Hélas, ça ne dure qu'un temps. Nous lui devons la vérité.

Plongeant son regard dans celui d'Angela, il déclara :

— Angela, je crois qu'une mise au point est devenue nécessaire, à propos de Liz et à mon sujet. Commençons par Liz, si tu le veux bien.

Angela éprouvait l'étrange impression que l'on s'adressait à elle comme à une enfant, mais elle n'arrivait pas cependant à se sentir blessée, comme si tout orgueil l'avait soudain abandonnée.

— Ainsi que nous avons essayé de te l'expliquer, reprit David, on t'a conseillé d'envoyer Liz ici avant tout parce qu'elle ne réagissait pas aux traitements habituels de la leucémie, et donc que ses chances de guérison étaient minces. Je sais que nous assistons parfois à des rémissions spectaculaires, mais elles sont rares et, jusqu'à présent, cela n'a pas été le cas de Liz. Elle semble s'affaiblir un peu plus chaque jour, et cette situation s'est accélérée depuis qu'elle est hospitalisée.

— Mais ce nouveau traitement? gémit Angela. Pourquoi l'essayer si les médecins n'ont plus aucun espoir?

— Parce qu'il a donné de bons résultats chez d'autres patients et que, grâce à lui, l'état de Benjy avait semblé s'améliorer, au moins pour un temps. Pour être tout à fait sincère, j'ajouterai que ta nièce n'avait plus rien à perdre.

Il eut une légère hésitation avant de poursuivre :

— Angela, le Dr Fleming a déjà téléphoné à ta sœur pour lui demander de regagner les États-Unis le plus vite possible. J'avais l'intention de t'en avertir dès que cette petite séance aurait été achevée.

— Mais que signifie tout cela? demanda Angela qu'un froid glacial venait soudain d'envahir.

— J'allais y venir. Si je ne me suis pas précipité à la cantine, tout à l'heure, c'est que je réfléchissais à la façon dont j'allais t'avouer que ton chevalier n'est pas invincible.

Sa voix se brisa sur ces mots.

— Angela, quand hier soir je t'ai demandé de ne pas me faire de promesses impossibles à tenir, c'est à moi que je pensais, en réalité. Tu me parlais de toujours alors qu'un an, c'est déjà très long pour moi. Mon cancer est actuellement en rémission complète. Cela signifie que les médecins pensent avoir ôté la totalité de la tumeur osseuse en m'amputant. Depuis l'opération, aucun signe de rechute. Il n'empêche que même si les analyses d'aujourd'hui sont bonnes, ce qui ne fait pratiquement aucun doute, il faudra attendre plusieurs années avant que je me considère comme véritablement tiré d'affaire.

C'en était trop pour elle. Angela poussa un cri étranglé et se couvrit les oreilles de ses mains, comme si elle refusait d'entendre l'insoutenable vérité. D'abord Liz, puis David. Sa nièce, presque sa fille, et ensuite le seul homme qu'elle ait jamais aimé. S'ils mouraient tous deux, comment pourrait-elle espérer continuer à vivre? Durant quelques secondes d'atroce souffrance, Angela songea à prendre la fuite, puis elle se ressaisit. Elle ne pouvait pas l'abandonner. La peur qui lui nouait le ventre n'était pas de taille à lutter contre l'amour qu'elle éprouvait pour lui en cet instant.

Mais David n'avait entendu que son cri de douleur, n'avait vu que son visage désespéré; il en tira une conclusion jugée par lui inévitable.

— Ne dis rien, murmura-t-il tristement. Sache que je comprends tout à fait ta réaction. J'aurais dû te prévenir, mais voilà, je n'en ai pas eu le courage.

Il lui déposa un doux baiser sur la joue avant de reprendre :

— J'avais trop envie de toi, trop envie de croire, ne fût-ce qu'une nuit, que notre amour était éternel. J'espère que tu ne m'en voudras pas. Mais rassure-toi, je ne te demanderai plus rien.

Comprenant peu à peu le sens de ces paroles, Angela écarquilla les yeux et voulut répondre, mais David ajouta précipitamment :

— En fait, je crois que tu ferais mieux de quitter cet endroit. Liz ira de plus en plus mal et je ne pense pas que tu pourrais le supporter.

Se tournant vers Sylvia, Angela lui jeta un regard incrédule.

— Tu ne peux imaginer à quel point j'aurais

souhaité t'offrir un miracle, acheva David. J'espère qu'un jour tu finiras par trouver le chevalier que tu cherches, car tu le mérites.

Comme à regret, il lui lâcha les mains et quitta la pièce sans un regard en arrière.

Aussitôt, Sylvia s'approcha de la jeune femme qui tremblait comme une feuille et l'entoura de ses bras pour tenter de la réconforter.

— Je sais ce que vous ressentez, Angela.

— Vous croyez! fit celle-ci en se dégageant avec violence. Eh bien, si vous pensez comme lui, laissez-moi vous dire que vous vous trompez du tout au tout. Comme si un être aussi stupide, aussi dénué d'imagination que ce David Ortega pouvait prévoir mes réactions! Et vous, vous croyez sans doute que je suis aussi faible que cette idiote qui l'a laissé tomber? Sachez que nous ne sommes pas de la même trempe, elle et moi!

Elle se mit à tourner en rond dans la pièce, comme un lion cage.

— Je suis tellement furieuse que je ne sais pas ce que je lui ferais! Il est encore plus têtu que je ne le pensais. Et ça se prétend psychologue!

Médusée, Sylvia l'écoutait déverser sa colère sans oser l'interrompre.

— Tu ne le supporterais pas. Non, mais écoutez-le! Je rêve! Pour qui se prend-il pour me dire quand je dois partir? Je préférerais mourir sur place plutôt que de lui obéir. Le lâche! Ah, il voudrait que je parte... Eh bien, il n'a pas fini de me voir, je vous le garantis!

Un large sourire naquit alors sur les lèvres de la psychologue.

— J'ai la vague impression que vous avez l'intention de rester.

— Et comment! Au fait, savez-vous s'il assistera au bal?

— Je suis sûre que non. Il n'est jamais venu à aucune de ces fêtes.

— Débrouillez-vous pour qu'il y soit ce soir. Soûlez-le, droguez-le s'il le faut. Moi, je me charge du reste.

— Il sera là, je vous le promets. Que mijotez-vous?

— D'abord, commença Angela en fermant les yeux, je vais coudre le costume de Liz, même si elle ne peut pas venir; ensuite, le mien. Enfin, je vais tâcher de convaincre une fois pour toutes cette tête de mule que je l'aime et que rien ne pourra jamais nous séparer.

— Beau programme, dit Sylvia d'un ton admiratif. David est en vérité un merveilleux psychologue... pour les autres. Comme le dit le proverbe : « Les savetiers sont les plus mal chaussés. » Il a une fâcheuse tendance à négliger ses problèmes personnels. Depuis son opération, il s'est mis à confondre le possible avec le probable, et il s'est tellement habitué à l'idée de mourir qu'il en a oublié de vivre. Pensez-vous pouvoir faire quelque chose pour lui?

— N'ayez crainte. Je saurai lui réapprendre la vie. Et maintenant, au travail!

11

Durant les heures qui suivirent, Angela dut à plusieurs reprises faire montre de sa détermination à ignorer le sens du mot « impossible ».

Après de nombreux coups de téléphone infructueux, elle avait finalement réussi à dénicher à Los Angeles un studio de cinéma disposé à lui louer une armure complète de chevalier. Ensuite, il avait fallu convaincre son interlocuteur de faire transporter l'objet jusqu'à la *Casa de los Niños*, ce qui avait contribué à grever sérieusement ses économies. Une fois l'armure sur place, l'affaire pouvait enfin commencer. Après avoir demandé à Sylvia de détourner l'attention de David sous n'importe quel prétexte, Angela avait acheminé discrètement l'objet jusqu'à la cantine, aidée par quelques membres du personnel qui s'étaient portés volontaires. Chacun, bien sûr, avait consenti à jurer de garder le silence, mais à la condition expresse de participer au complot.

Comme l'on pouvait s'y attendre, dès huit heures, il n'y avait plus une seule personne dans le camp qui ne fût au courant, à l'exception de David, bien entendu. Au réfectoire, l'excitation était à son comble. Déjà la fête battait son plein. Ne manquaient à l'appel que David et Sylvia, qui était chargée de l'amener au dernier moment. Un guetteur se tenait à la porte pour avertir Angela de leur arrivée. La jeune femme, déguisée en princesse, devait alors grimper sur l'estrade installée au centre de la salle où se trouvait déjà l'armure. Après avoir fait essayer au psychologue son nouveau costume, Angela lui remettrait la faveur de satin blanc qu'elle dissimulait sous sa coiffe.

Impatiente, la jeune femme ne cessait relire le petit message qu'elle avait brodé rapidement sur le foulard avant le début des réjouissances : « Sans vous, je ne puis terrasser le dragon. Voulez-vous m'épouser? » Elle jeta un regard inquiet en direction de l'estrade. D'un commun accord, les enfants avaient décidé d'affubler l'armure de tennis orange. « Mon Dieu! songeait-elle avec angoisse. David va me tuer quand il verra ça. »

— Il arrive! Il arrive!

La rumeur s'enfla progressivement et, alors qu'Angela se disait qu'il était encore temps de fuir, elle se trouva propulsée sur l'estrade avant de comprendre ce qui lui arrivait.

— Tout le monde est prêt? hurla Nick. Éteignez les lumières!

Pour ajouter au mystère, et contre l'avis d'Angela, il avait été décidé que David serait accueilli par un noir complet, puis conduit jusqu'à l'estrade.

— Vous êtes prête? chuchota une petite voix à côté d'Angela.

— Non.

— Parfait. On vous l'amène.

Angela plissa les yeux, s'efforçant de distinguer la silhouette du psychologue dans l'obscurité, tandis que la salle résonnait des cris joyeux de l'assistance : « David! David! David! »

— Coucou, fit soudain une voix familière, à quelques centimètres de son oreille. Allons, ne me dis pas que c'est une surprise. Sylvia a passé l'après-midi à me convaincre de venir. Tu dois en savoir quelque chose.

— Que t'a-t-elle dit? murmura Angela, gênée par le fait qu'elle ne pouvait le voir.

— Oh, une foule de choses. Que je ne devais pas avoir la bêtise de te perdre, que tu n'étais pas comme mon ancienne fiancée, que tu étais assez forte pour surmonter le choc, que je ne t'avais pas laissé le temps de t'expliquer...

— Tout ça?

— Et encore, je t'épargne les détails. Mais le plus drôle, figure-toi, c'est qu'elle n'a pas été la seule à venir me voir.

Des rires étouffés s'élevèrent autour d'Angela. Les monstres! Ils lui avaient promis de ne rien dire! Ses yeux ayant fini par s'habituer à l'obscurité, elle put distinguer alors le costume qu'il portait. Vêtu d'une chemise blanche bouffante largement échancrée et d'un pantalon noir moulant, une écharpe rouge nouée à la taille et un bandeau sur l'œil, David campait un superbe pirate. Mais ce qui retint par-dessus tout l'attention d'Angela, c'étaient son sabre et son authentique jambe de bois.

— T'a-t-on dit, par hasard, que je t'aimais? Que je t'aimerai toujours?

— Il me semble avoir entendu quelque chose dans ce goût-là au moins cinquante fois, si ce n'est plus. On m'a également mis au courant du costume que tu m'avais réservé, une fois que j'avais terminé le mien, évidemment. Mais dans le fond, c'est aussi bien. Si l'on ne m'avait pas averti de tes intentions, je n'aurais sans doute jamais eu l'idée de t'apporter ce fier destrier.

A cet instant, les lumières se rallumèrent d'un coup et Angela ouvrit des yeux ébahis en voyant l'animal qu'il tenait par la bride : un des poneys du camp, décoré d'une superbe corne en carton pointant entre ses oreilles.

Les larmes aux yeux, Angela souleva alors sa coiffe, et saisit le foulard de satin pour le lui offrir.

— Tu étais censé avoir revêtu ton armure avant que je te donne ceci, mais ça n'a plus d'importance, du moment que ta réponse est oui.

Tremblant d'impatience, elle attendit que David déchiffre son message.

— Moi aussi, j'ai quelque chose pour toi, se borna-t-il à répondre. J'étais allé l'acheter avant qu'on m'apprenne que tu avais déjà un costume.

Il prit le mystérieux paquet attaché à la selle du poney et le lui tendit.

— Ouvrez-le! Ouvrez-le! Ouvrez-le! crièrent les enfants.

Angela commençait à comprendre qu'elle avait été dupée. La victime du complot, c'était elle!

— Je ne peux te donner ma réponse avant que tu aies enfilé ce costume, reprit David en souriant.

Le cœur battant, Angela défit lentement le paquet et ne put retenir un cri de bonheur lorsqu'apparut sous ses yeux émerveillés une splendide robe de mariée, toute brodée de dentelles, dont la traîne se répandit sur l'estrade dans un bouillonnement de satin chatoyant.

— Veux-tu m'épouser?

— Oui! Demain, ce soir..., si tu veux!

— Je ne sais pas si Liz sera suffisamment rétablie pour être notre demoiselle d'honneur, mais nous pourrions toujours aller à la clinique le lui demander.

— Quoi? Que dis-tu?

— J'ai reçu un coup de fil du médecin de Benjy, tout à l'heure. Il est sorti du coma. Deux minutes plus tard, le Dr Fleming venait m'apprendre qu'il renonçait à faire venir Janet. Le traitement semble commencer à agir.

Sous les vivats du public, David Ortega et Angela Newman, le chevalier et la princesse, échangèrent alors un long, un très long baiser.

Nos trois parutions
de décembre 1988
au
CLUB PASSION

Nº 25 *Fantaisie* par Sandra BROWN

La vie d'Elizabeth est pleine de fantaisie... dans sa tête uniquement. Fantaisie, c'est aussi le nom de sa boutique de cadeaux. Mais dans la réalité, elle se comporte avec la dignité que demande son état de jeune veuve, mère de deux enfants, jusqu'au jour où Randolph Tadd fait irruption dans sa vie. Suivra-t-elle les conseils de Lélia, sa jeune sœur, pour qui le bonheur passe obligatoirement par Randolph? Ou mettra-t-elle dans sa vie un peu de fantaisie?

Nº 26 *Les pandas jumeaux* par Joan Elliott PICKART

En proie à un violent chagrin, Pénélope Chapman se réfugie dans la maison en cours de construction qui appartient à Carter Malone. Un amour fulgurant naît aussitôt entre eux. Mais sera-t-il assez fort pour abattre le mur d'incompréhension qui les condamne à vivre séparés?

Nº 27 *La chanteuse de Budapest* par Iris JOHAN-SEN

Sacha suit depuis deux mois la tournée du célèbre Bart Devlin. Mais ce n'est pas une groupie ordinaire, et, lorsque Bart descend de son piédestal pour lui faire des avances, elle refuse. Et pour cause : tous deux sont frère et sœur! Un tueur les poursuit bientôt dans les rues de San Diego. Pour lui échapper et pour protéger Devlin, Sacha avouera-t-elle à l'homme qui l'aime l'horrible secret de son enfance?

Nos trois parutions
de janvier 1989
au
CLUB PASSION

N °28 *Nuits blanches* par Sara ORWIG

A cause d'une malencontreuse cicatrice sur le nez, Millie a toujours pensé qu'elle était défigurée. Inspirer une passion, elle, à un homme tel que Ken Holloway? Il faudrait être folle pour l'imaginer. Pourtant, ce trop séduisant fugitif, qui s'est réfugié chez elle un soir de neige, sait lui prouver sa sincérité. Mais qu'en restera-t-il lorsque Ken retournera à sa vie brillante? Millie n'a pas confiance, ni en lui ni en elle-même...

N° 29 *Le fruit de la passion* par Sandra BROWN

Un enfant! Sur cet espoir, un couple se construit et se déchire. Rhetta demande un mariage « pour la forme », afin de protéger l'enfant. Et puis, pense-t-elle, on annulera le contrat. Mais voilà que Taylor prend les choses au sérieux, Taylor dont la jeune femme se méfie terriblement...

N° 30 *Illusions* par Joan Elliott PICKART

Quand Sharyn Cole découvre dans sa baignoire un aventurier aussi imposant que magnifique, elle souhaite le garder pour toujours. Mais Errol Sagan ne se fixe jamais nulle part : lorsque ses bagages lui auront été livrés, il fuira de nouveau. Or, ce serait oublier la bonne ville de Cherokee, dont la population a le secret du bonheur...

LA COMPOSITION, L'IMPRESSION ET LE BROCHAGE DE CE LIVRE
ONT ÉTÉ EFFECTUÉS PAR LA SOCIÉTÉ NOUVELLE FIRMIN-DIDOT
POUR LE COMPTE DES ÉDITIONS PRESSES DE LA CITÉ
ACHEVÉ D'IMPRIMER LE 17 OCTOBRE 1988

Imprimé en France
Dépôt légal : novembre 1988
N° d'impression : 10261